원소윤

대전 성모병원 출생. 서울대학교 종교학과 졸업.
명리학자가 경고하길 "바늘 같은 사람이니 되도록 말을 삼가시오!"
직업은 스탠드업 코미디언이다.

꽤 낙천적인
아이

꽤 낙천적인
아이

원소윤
장편소설

오늘의 젊은 작가 50

민음사

이 소설에 등장하는 모든 인명, 지명, 사건, 제품, 그 밖의 모든 고유명사는 어느 정도 실제와 관련이 있습니다. 우리 삶에서 일어나는 일들이 무릇 그러하듯 단순히 우연의 일치라고 하기 어렵습니다. 가능한 한 당사자들께 재현 동의를 구하려 했고 나름 각색도 했는데요. 추후에 문제가 생긴다면 그것대로 받아들여야겠죠. 솔직히 이런 고지가 필요할 만큼 뭔가가 있는 소설은 아닙니다. 괜한 기대감을 갖게 했나요. 그 또한 제가 어느 정도 의도한 바입니다.

프롤로그

제 세례명은 '마리아'입니다. 세례명이 '마리아'라고 하면 성당 형제자매님이 제게 물어요. 감히 마리아를 세례명으로 써도 되느냐고. 저는 몸을 살짝 기울여 속삭입니다.

"당연히 안 되죠. 교황청에서 저한테만 특별히 허가해 준 거예요."

농담입니다. 대답하지 않습니다. 애초에 마리아니 뭐니 질문하는 형제자매님 자체가 없거든요. 제 세례명의 적절성에 어느 누가 관심을 두겠습니까. 설령 "제 세례명은 '킴 카다시안'입니다."라고 소개해도 관심 따위 못 받을 텐데요. 여하간 저는 마리아이며 가톨릭 전통 가문에서 나고 자랐어요.

부적절하게도 제 이상형은 예수님입니다. 이런 스타일을 좋아해요. 타이거 jk나 지미 헨드릭스, 두아 리파 같은……. 시대 정신에 따라 인종, 젠더 다양성을 고려해 나열했는데 어떻게 좀 괜찮았나요? 말하자면 슬렌더에 숱이 풍성하고 퍼포먼스에 능한 사람에게 끌립니다. 이 중에도 단연 예수님이 가장 섹시하죠. 물을 포도주로 바꾸는 초능력 하며 전대미문의 대디 이슈까지. 게다가 혈기 왕성한 열두 남정네를 이끈 알파 카리스마를 지녔잖아요.

와중에 열두 제자의 이름은 좀 아이돌 이름 같지 않나요. 시몬, 필립, 요한……. 12인조 보이밴드로 착각할 법해요. 게다가 제자마다 스타일이 가지각색이어서 다양한 수요에도 부응할 수 있을 것 같고요. 강인한 어부 스타일, 손재주 좋은 목수 스타일, 배신할 것 같은 아찔한 남자. 소속사는 굳이 따지자면 SM? 세계관이 워낙 웅장하니까요. 다들 최종 12인에 들기 위해 예수님 비위 맞추고 고생깨나 했을 거예요.

모쪼록 우리 예수님이 이 땅에 재림하실 때, 저희 집 근처에서 재림하시길 바랍니다. 집값이 오를 거 아녜요. 됐고요, 집 없으니까 괜히 월세 오르지 않도록 멀리 떨어져서 재림하시길 바랍니다. 부디 저 멀리서 재림하소서. 예수님은 생긴 것도 너무 힙스터, 젠트리피케이션을 몰고 다닐 관상이잖아요.

제아무리 예수님이 대단하다고 해도 요즘 세상엔 오은영 박사님이 최고인 거 아시죠? 물론 「금쪽같은 내 새끼」를 보다 보면 박사님께 약간 대들고 싶긴 합니다. 왜 엄마들만 육아하고 혼나고 반성하는 걸까요. 보다 보면 성당 고해소 앞 풍경이 떠올라요. 고해소 앞에 줄 서 있는 사람들을 보면 대개 우리 자매님들이거든요. 여자 화장실 줄로 착각하는 사람도 몇 봤어요. 반면에 금쪽이 아빠들은 남의 집 자식 이야기하듯 구는 경우가 흔하죠. 반응만 보면 장영란 씨가 더 보호자 같다니까요.

공교롭게도 오 박사님이 만든 '부모 십계명'이라는 게 있습니다. 참고로 십계명이란 하느님께서 좀 피곤한 애인처럼 굴면서, 그러니까 "날 정말 정말 사랑한다면 꼭 지켜야 하는 열 가지!" 이러면서 만든 열 개 조항인데요. 오 박사님이 만든 부모 십계명의 열 번째 조항은 이러합니다.

'아빠들은 아이와 보내는 시간의 양보다 질에 더 신경 쓰세요.'

양보다 질이라니, 왜 아빠들은 미슐랭 셰프 마인드로 육아해도 되는 거죠.

이 얘기는 여기까지만 하겠습니다. 막 페미니스트, 그런 걸로 비칠 수 있으니까요.

고백하자면 「금쪽같은 내 새끼」를 한 편이라도 끝까지 본 적이 없습니다. 그럼에도 추정컨대 대략 이런 내용이지 않을까 해요. 금쪽이가 금쪽이가 된 데에는 금쪽이 부모의 육아에 문제가 있어서인데, 금쪽이 부모의 육아에 문제가 있는 까닭은 사실 금쪽이 부모도 금쪽이어서이며 금쪽이 부모가 금쪽이가 된 데에는 금쪽이 부모의 부모의 육아에 문제가 있어서이고 사실 금쪽이 부모의 부모의 그 부모 또한 금쪽이인데……

자, 이런 식으로 쭉 거슬러 올라가다 우리는 서기 0년에 도착하게 됩니다. 그곳에서 역사상 가장 유명한 금쪽이 예수님을 만나게 돼요. 베들레헴에서 나고 자란 예수님은 무고한 무화과나무에 저주를 내리거나 웬 새끼 나귀를 타고 예루살렘에 입성하는 등 금쪽 행동 양상을 보이다가 서른셋 나이에 십자가형에 처합니다. 죽기 전, 그가 마지막으로 내뱉은 말은……

"ילא ילא למה עזבתני."

여러분을 위해 특별히 통역해 드리자면—

"Eli, Eli, lema sabachthani?"

좀 더 적극적으로 통역하자면—

"하느님, 나의 하느님, 어찌하여 나를 버리시나이까?"

좀 더 실감나게끔 오역하자면—

"아빠, 아니, 아빠. 이럴 거면 나 왜 낳았냐고요."

이렇듯 전형적인 금쪽 멘트를 날리고 숨을 거두셨습니다. 예수님은 재림하시면 「지미 팰런 쇼」에 앞서, 「유퀴즈 온 더 블럭」에 앞서 '금쪽 상담소'부터 출연하셔야 해요. 타이틀은 정해져 있죠.

'오른쪽 뺨 맞으면 왼쪽 뺨 대 주는 나, 괜찮은가요?'

오 박사님께서 부부 컨설팅 프로그램에도 출연하시더라고요. 남편들이 우물쭈물 횡설수설 말하면 박사님께서 그 말을 사실상 통역해 주십니다. 뭐, 통역이 필요하긴 하죠. '화성 남자, 금성 여자'잖아요. 남편들이 다 화성인이더라고요. 화성은 생명이 살아갈 수 있는 기본 조건을 충족한 행성이거든요. 반면 금성의 기압은 지구의 90배, 평균온도 462도! 금성인 아내들은 가정 전반을 돌보고 이끕니다. 일론 머스크가 괜히 화성에 가려는 게 아니에요, 여러분.

근데 남자를 화성에, 여자를 금성에 둔 것도 결국 하느님께서 주관하신 일이겠죠? 그러니까 우리가 잊지 말아야 할 건, 하느님께서는 당신 아들께 전대미문의 시련을 주셨지만서도 딸은 원한 적도 없다는 사실입니다. 에덴동산에서도 아담을 먼저 만들잖아요. 그러고는 아담이 혼자 사는 모습이 영 보기 좋지 않아 이브를 만들죠. 사실상 「미운 우리 새끼」에 나오는 어머님들과 같은 심정이었던 거예요. 어쩌면 우리 모두가 알고 있는 바로 그 명대사를 최초로 발화한 사람은 이브였을지 모릅니다.

"ינתבעו המל ילא ילא".

여기까지가 2022년 겨울, 내가 생애 첫 오픈마이크 무대에서 선보인 내용이다. 다시는 하지 않는다. 분당 웃음 횟수(Laughs per Minute)가 적으며 셋업과 펀치 라인의 구조가 불명확하기 때문이다. 도무지 농담으로 쳐줄 수가 없다. 내가 앞으로 들려줄 이야기도 마찬가지다. 분당 웃음 횟수가 낮으며 농담의 구조를 갖추지 못했다.

다시 말해 농담으로 하는 이야기가 아니라는 뜻이다.

차례

프롤로그　6

운동장 10,713바퀴를 달린 후에　15

오픈마이크　104

사과 여덟 개　109

오픈마이크　181

바르게 살자　187

오픈마이크　249

에필로그　257

발문_ 박혜진(문학평론가·편집자)
유머는 절망보다 깊다　261

운동장

10,713바퀴를

달린 후에

여덟 살 때부터 나는 집안 돌아가는 꼴이 못마땅할 적마다 배낭에 짐을 챙겨 시내버스로 30분 거리에 있는 외조부모 댁으로 향했다. 출발하기 전 풀 죽은 목소리로 방문을 예고하면 나의 외할아버지 치릴로가 정류장에 마중을 나왔다. 치릴로는 그의 두꺼운 손으로 내 손을 꼭 붙잡고 용두시장의 골목골목을 돌았다. 그는 악력이 너무 셌고 걸음이 너무 빨랐다. 나는 약간 끌려가듯 그의 걸음에 발을 맞추며 내가 어린 탓에 억울한 일을 참 많이 겪는다고 생각했다.

치릴로는 시장을 돌며 상인들에게 누룽지 사탕 따위를 건넸고 누룽지 사탕처럼 싱거운 말장난도 함께 건넸다. 당연지사 몇몇 상인은 그를 귀찮아했다. 특히 과일 가게 사장님은 과일들 옆에 나란히 잘 앉아 있다가도 치릴로가 길을 지나면 괜히 허공에 파리채를 휘두르며 상점 안으로 들어갔다. 바삐 말장난 건네는 중에도 치릴로는 내가 좋아하는 바람떡과 팥죽만큼은 잊지 않고 샀다. 시장을 몇 바퀴 돈 뒤에는 집으로 돌아가 나의 외할머니 소피아와 셋이 둘러앉아 음식을 나누어 먹었다. 그때에는 평소보다도 더 많은 양의 음식을 먹게 되었다.

밤이 되면 치릴로는 내가 무서워하는 뻐꾸기시계를 멈춰 주었고 우리는 뻐꾹 소리 없이 21시, 22시를 맞았다. 내가 하품하기 시작하면 그는 침대와 벽 사이 공간에 이불을 개켜 쌓아 주었다. 잠을 험하게 자는 내가 별별 꿈을 다 꾸며 구르다 그 사이로 떨어져도 다치지 않을 수 있도록. 치릴로는 안전한 이부자리를 마련해 준 뒤, 내게 여기서부터 저기까지 굴러 보라고 했다. 나는 침대 한쪽 끝에서부터 벽을 향해 빠르게 굴렀고 마침내 떨어졌고 이불 위로 착지했다.

"어때, 괜찮냐?"

그냥 그대로 잠들고 싶을 정도로 아늑했다. 외동이 된 기분이었다.

치릴로는 하루 세 번 산책했다. 7시 15분, 12시 15분, 17시 15분. 산책할 때마다 성당에 들러 앞뜰에 있는 성모 마리아상 앞에 서서 두 손 모으고 기도를 했다. 그가 이웃의 건강과 세계 평화를 위해 기도했더라면 그것대로 인상적이었겠지만, 좀 더 인상적이게도 그는 ○○○에게 천벌을 내려 달라고 기도했다.

빈칸 안에 들어가는 사람은 하루는 며느리, 다음 날은 아들이었다. 그다음 날은 사위, 다다음 날은 딸로 참 공정하다 싶을 만큼 다양했다. 내가 이 사실을 어떻게 아느냐 하면 치릴로가 내게 말해 주었기 때문이다. 대체 그런 걸 손녀한테 왜 얘기하나 싶을 수 있다. 때론 나도 의아했으니. 그렇지만 우린 그런 얘기도 주고받는 사이였다.

내가 마리아였다면, 내 세례명이 마리아이긴 하지만 내가 '진짜 마리아'였다면 까짓 한 명 한 명 처리해 줬을 것이다. 귀가 뜨거워질 때까지 직장 상사 욕을 해대는 친구가 있어 본 사람은 이 말을 단번에 이해할 것이다. 온갖 저주와 악담을 들어 주기가 지겨워져 직접 나서서 '상사 암살 작전'을 세우게 된다는 것을. 사제 폭탄을 터뜨리거나 상사가 자주 지나는 길에 바나나 껍질을 놓는 식으로. 하지만 진짜 마리아는 머리를 한 번 더 굴렸다. 투덜이 치릴로를 제거해 버리는 편이 훨씬 편리하겠다고 판단한 것이다. 그리하여 치릴로는 그가 저주한 그 누구보다도 먼저 세상을 떠났다.

2018년 4월 20일, 치릴로가 세상을 떠난 날. 스톡홀름 출신의 천재 프로듀서 아비치(Avicii)도 세상을 떠났다. 장례식장에 가는 길에 나는 아비치의 소식을 접했고 솔직히 위안을 받았다.

'이렇게 젊고 유능한 아비치도 세상을 떠나는데 늙고 무능한 치릴로가 죽지 못할 이유가 어디 있어! 유난 떨지 마!'

플랫폼에 들어선 기차는 찢어지는 소리를 내며 정차했다. 그 소리에 질려 나는 몇 걸음 뒤로 물러서고 말았다. 그대로 뒤돌아 도망치고 싶었다. 내가 살아 있는 바람에 이런 일을 다 겪어야 한다니. 기차에 탑승해 좌석 깊이 몸을 쑤셔 박고 아비치의 「Wake Me Up」을 재생했다.

'이렇게 쿨한 노래를 만든 사람도 세상을 떠났다고! 지금 당장 망자 부활전이 열려서 누구를 부활시킬지 세계적으로 투표를 진행한다고 해도 치릴로가 얻을 표는 내 표 포함 최대 두 표일 거야. 정신 차려.'

아비치 노래에 최대한 집중하며 124bpm에 맞춰 다리를 떨었다. 지병 하나 없이 자다 죽었으니 호상(好喪)이라 나불대는 인간들이 있을 텐데 그런 이들을 어떻게 족칠지 미리부터 고민하기 시작했다. 두통은 박차를 가했고 더욱더 빠른 속도로 머리가 지끈거렸다. 요즘 같은 100세 시대에 89살밖에 안 되어 죽어 버린 치릴로가 아깝고 아까웠다.

치릴로는 죽기 일주일 전, 나의 엄마 로무알다를 질질 끌고 은행으로 향했다. 치릴로는 죽기 일주일 전까지도 허리가 꼿꼿했고 덩치가 좋았다. 얼굴 생김새는 마른오징어를 89년간 씹어 온 배우 유동근 씨의 모습이었다. 그만큼 턱이 강했고 늙어 있었단 말이다. 로무알다는 스타일리스트와 헤어 디자이너를 만나기 직전의 배우 임예진 씨의 모습. 수수하지만 참 아름다운 사람이었단 말이다.

은행에 도착한 치릴로는 로무알다 손에 통장을 거칠게 쥐여 줬다. 여기 있는 돈을 정리해서 당장 다 가져가라고.

"내 돈 안 뜯어 간 사람 너밖에 없다. 나 죽으면 다 나눠 가질 테니, 그 전에 네 몫 챙겨라."

여기까지 이야기를 전해 들었을 때, 나는 그것참 다행이라고 생각했다. 치릴로가 깡패처럼 로무알다를 끌고 갔다는 발단 대목에서는 이건 또 무슨 일인가, 마음을 졸였기 때문이다. 치릴로가 은행을 털러 가는 길에 "아, 맞다! 인질이 필요하지!" 하고 만만해 보이는 로무알다를 고른 것도 아니고 보이스피싱에 연루된 것도 아니니 얼마나 다행인가. 이다음에는 순조로운 전개를 맞겠구먼, 한시름 놓았다.

하지만 로무알다가 치릴로의 딸이라는 사실을 잊지 말아야 했다. 덩치는 다를지언정 치릴로의 기세와 고집은 유전자의 이중 나선을 타고 나란히 로무알다에게 전달되었던 것이다. 로무알다는 목청껏 소리쳤다.

"나 대단한 효도 못 했어도 부모한테 손 안 벌리고 살아온 게 내 긍지라면 긍지예요. 그 돈 못 받아요."

내가 그 자리에 있었다면 두 사람 사이에 서서 예능 프로그램 MC라도 된 양 이렇게 질문했을 테다. 먼저 치릴로를 바라보며 "치릴로에게 '몫'이란?" 다음엔 로무알다를 바라보며 "로무알다에게 '긍지'란?"

그들은 위기를 건너뛴 채 곧장 절정으로 향했다. 치릴로는 로무알다를 때려눕히려 했고 로무알다는 어려서부터 그에게 한두 번 맞은 게 아니어서 쫄지를 않았다. 그때, 두 사람의 실랑이를 발견한 은행 경비원이 황급히 달려왔다. 경비원도 당황했을 것이다. 부녀의 맞짱을 중재하는 방법을 훈련받은 적은 없을 테니. 그는 부녀 사이에 서서 쩔쩔맸고 치릴로는 고함을 내질렀다.

"아니, 이 바보 같은 년이! 돈을 준다고 해도 안 받잖아아!"

내가 아는 한 치릴로는 로무알다를 좀 불쌍히 여겼다. 로무알다는 사람이 태어나서 겪지 않아도 좋을 일을 겪었기 때문이다. 이를테면 세 살 된 첫째 아기를 교통사고로 잃는다든지, 하는.

몇 년 전, 나의 오빠 사무엘은 한 번도 만난 적 없는 그 아기를 이다음에 만난다면 머리를 한 대 콩 쥐어박을 거라고 했다. 네가 그렇게 가는 바람에 엄마 아빠가 얼마나 슬퍼했는지 아냐고. 이제 사무엘은 먼저 간 아기를 '형'이라 부르지 않고 '아기'라 부른다. 어릴 적, 사무엘은 "형은 순했어?" 질문하던 아이였다.

내 귓가엔 이미 '쿵' 소리가 울려 퍼진 듯했다. 나는 사무엘에게 "아기한테 무슨 잘못이 있다고!" 대꾸했다. 나도 이제 아기를 '오빠'라 부르지 않고 '아기'라 부른다. 나는 "오빠는 다 잘 먹었어?" 질문하던 아이였다. 순하고 다 잘 먹던 아기에게는 잘못이 없었고 젊은 부모에게도 잘못이 없었다. 말해 봐야 입만 아픈 사실이다.

치릴로와의 마지막 통화를 기억한다. 그는 내게 네 엄마가 늘 걱정이라고 얼굴빛이 늘 안 좋다고 했다. 나는 떵떵거리기를 잘하는 사람답게 소리쳤다.

"에이, 엄마는 걱정 마. 진짜야, 걱정 마."

별다른 근거가 없어서 같은 말만 되풀이했다.

치릴로의 시신을 발견한 사람은 소피아였다. 소피아의 연락을 받고 급히 집을 찾은 로무알다는 처음엔 치릴로를 깨우려고 했다.

"아이, 장난 그만 치셔요."

몸을 차갑게 만드는 장난도 있던가. 로무알다는 치릴로의 몸을 흔들어도 보고 두드려도 보다 그의 머리맡에 놓인 두유 팩을 발견했다. 찰랑대는 소리가 들리지 않을 만큼 깨끗이 빈 두유 팩. 죽기 전, 갈증이 심해진다는 말을 들은 적이 있기에 로무알다는 치릴로의 죽음이 차차 실감되었다. 그 전까지 치릴로는 단지 숨을 쉬지 않고 자고 있는 사람처럼 보였다.

치릴로의 사망 소식을 들은 뒤, 나는 서울 자취방을 샅샅이 뒤졌다. 치릴로가 내게 주었던 선물들을 챙겨 가방에 넣었다. 둘리와 개구리의 교배종처럼 보이는 중국산 인형, 집중이 잘되지 않을 때마다 한 손에 쥐고 흔들라고 주었던 은색 종, 한두 문장만이 적힌 짧은 편지 등을 챙겼다. 편지에는 "새해 복 많이 받아라.", "고맙다." 그런 심상한 말들이 적혀 있었다. 획과 획이 완전히 맞닿지 않아 틈이 있는 글씨. 치릴로는 자신의 필체를 마음에 들어 하지 않았다. 나는 그에게 모든 획이 꼭 닫힐 필요는 없다고 말해 주고 싶었다.

치릴로는 나의 필체를 좋아했다. 새해가 밝으면 꼭 내게 봉투 수십 장을 건네며 한쪽 귀퉁이에 "감사합니다. 사랑합니다. 치릴로 드림."이라 적어 달라고 했다. 나는 손목을 풀고 여느 때보다도 신중하게 획을 그었다. 명절이 되어 사촌들이 용돈 담긴 봉투를 받아 갈 때면 괜히 내 가슴께가 뻐근해지곤 했다.

재빨리 짐을 꾸리던 나의 목표는 단 하나 '장례를 치르고 다시 자취방에 돌아왔을 때, 치릴로를 떠올리게 하는 물건이 없게 할 것!'이었다. 그렇게 자취방을 나섰고 아비치에게 신세를 많이 지며 장례식장에 무사히 도착했다. 절하고 위령 기도를 바쳤다.

"성 미카엘, 치릴로를 위하여 빌어 주소서. 성 가브리엘, 치릴로를 위하여 빌어 주소서."

성인 성녀의 이름을 일일이 호명하며 치릴로를 잘 좀 봐 달라고 기도했다. 밤이 찾아오면 가족들과 둘러앉아 치릴로에 대해 이야기했고 그러다 많이 웃게 되었다. 나는 모두에게 치릴로가 죽지만 않았다면 쌍꺼풀 수술을 받을 예정이었다는 사실을 폭로해 버렸다. 눈꺼풀이 늘어질 대로 늘어져 시야를 다 가리기 시작했기에.

"아니, 그러지 말고, 올해는 쌍꺼풀 수술 꼭 받는 거다. 내가 꼭 같이 갈게."

나와 손가락 걸고 약속했었다. 공기청정기 일화도 들려주었다. 공기청정기를 처음 산 날, 치릴로가 성능 테스트를 한답시고 청정기 앞에서 방귀를 뀌었는데 센서에 곧장 빨간 불이 들어와서 같이 한참을 웃었다고. 사람들에게 이 일화를 들려줄 수 있어 뿌듯했다.

치릴로는 죽어서도 덩치가 좋았다. 입관 전, 염습이 끝난 치릴로에게 마지막 인사를 하러 간 나는 누워 있는 치릴로를 발견하자마자 깜짝 놀라 숨을 크게 들이쉬었다. 덩치가 어찌나 큰지, 가슴은 얼마나 두껍고 배는 또 어찌나 높은지. 이 산의 해발고도는 몇 미터일까. 치릴로의 능선을 눈으로 훑는 것만으로 고산지대에 오른 듯 숨이 찼다. 엄밀히 말해 치릴로는 죽어서 더 덩치가 좋아진 셈이었다. 사후에 박테리아가 왕성히 활동하면서 가스가 쌓여 시신이 부풀기 때문에.

"자, 가족분들 한 분씩 나오셔서 고인께 하고 싶은 말을 전합시다."

분명 하고 싶은 말을 전하라고 했는데 큰삼촌은 치릴로 위로 엎어졌다. 치릴로를 '찜'하려는 듯 혹은 안전핀이 제거된 채 떨어진 수류탄 위로 온몸 던지듯.

눈이 아주 크고 늘 말이 없던 삼촌이 무지막지하게 울기 시작했다. 아빠가 죽었다는 걸 대충 고려하더라도 너무 심하게 울었달까. 나중에 로무알다에게 삼촌이 그렇게까지 운 까닭을 물어보니, 어려서부터 삼촌은 단지 첫째 아들이라는 이유로 모든 지원을 다 받았고 모든 짐을 다 짊어졌고 그 과정에서 이루 말할 수 없이 얻어맞았다고 했다.

"언젠가 한참 두들겨 맞던 삼촌이 차에 뛰어들었어. 그냥 죽겠다고."

그날 이후, 나는 '불효자는 운다'라는 말을 싫어한다.

내 차례가 돌아왔고 나는 치릴로에게 성큼성큼 다가가 허리를 숙였다. 솜뭉치가 박힌 그의 귀를 보며 '귀는 또 왜 이렇게 커?' 잠시 놀라다 또박또박 귓속말했다.

"나중에 만나. 알라뷰!"

나는 통화를 마칠 때마다 그에게 "알라뷰!" 했다. 운이 좋게도 나는 그의 자식이 아니어서 그를 사랑할 수 있었다.

화장이 끝난 뒤, 도자기 유골함을 건네받은 로무알다의 두 눈이 휘둥그레졌다. 갓 태운 뼛가루의 열기 탓에 유골함이 뜨거운 모양이었다.

"자, 여기 들어 봐."

로무알다는 내 품에 유골함을 안겨 주었다. 뜨겁고 매끄럽고 윤이 나는 유골함. 나는 유골함을 꼭 끌어안았다.

장례를 치른 뒤 다시 서울로 돌아가 자취방 문을 열었을 때, 인형이 보이지 않고 은색 종이 보이지 않아 좋았다. 순간적으로 판단을 참 잘했다고 나 자신을 칭찬했다. 그런데 어디서 89년간 대변을 누지 못한 사람의 방귀 냄새 같은, 달짝지근하면서도 시큼한 냄새가 풍겨 왔다. 쿵쿵대며 돌아다닌 끝에 나는 밥솥 앞에 멈춰 섰다. 밥을 해 놓고는 밥솥에 그대로 두고 간 게 화근이었다. 상한 밥은 냄새가 고약했지만 얼핏 예쁜 구석이 있었다. 노랗고 파랬으며 갓 쪄 낸 백설기처럼 촉촉했다. 며칠 집을 비운 사이, 남겨진 밥이 밥솥 안에서 요란을 떤 모양이었다.

밥을 음식물 쓰레기 봉투에 덜어 내는데 두 손이 파들파들 떨렸다. 턱까지 달달 떨다 입술을 꽉 깨물었다. 그러고 보니 냉장고에 무말랭이무침이 있었다. 한 달 전, 치릴로가 보내 준 무말랭이무침. 거기엔 그의 흰머리가 잔뜩 들어 있었다.

'온갖 수상한 재료가 적힌 마녀의 레시피를 참고하기라도 한 걸까. 흰머리를 왜 이렇게 많이 넣은 거야.'

어지간히 툴툴대며 먹곤 했는데 더는 먹을 수 없을 듯했다. 내 생애 그보다 어려운 '음식물 쓰레기 버리기'는 없었다. 종갓집 삼대독자라도 된 양 서툴게 버렸다.

가톨릭 집안 출신의 나, 마리아에게 솔직히 죽음 자체는 결정적인 문제가 아니었다. 까짓것 줄초상을 치른다고 해도 사후세계만 있다면 다 괜찮았다. 나는 당연히 그런 게 있다고 생각했고 그래서 치릴로에게 "나중에 만나!" 인사했던 것이었다. 하지만 어째 아무것도 없을 것 같다는 의심이 스멀스멀 들기 시작했다. 잘 도착했다는 말도 없고 돌아오지도 않는 치릴로. 치릴로가 말이 얼마나 많은데 그의 영혼이 이렇게 조용할 리 없었다.

"있잖아, 내가 죽어 보니까 말이야. 여기 아무것도 없는 것 같아."라는 말을 전하러 오지도 못할 만큼, 정말이지, 아무것도, 없는 것일까. 나는 성당 청소년부 회장이었는데! 엄마는

16년간 새벽 미사 독서자로 봉사했고 아빠는 열혈 성가대원이었고 오빠는 신부님의 미사 집전을 보조하는 복사였는데!

대학교 신입생 때, 좋아하는 교수님과 나누었던 대화가 문득 떠올랐다.

"교수님, 혹시 사후에 뭐가 있다고 생각하시나요?"

교수님은 답했다.

"무(無)!"

시퍼런 무가 가슴팍에 떨어진 것 같았다. 하지만 나는 금세 '에이, 교수님이 그걸 어떻게 알겠어.' 하고 질문 전에 했으면 더 좋았을 법한 생각을 하며 놀란 마음을 추슬렀다. 그런데 혹시 교수님 말이 맞았던 걸까……?

응답 없음에 지친 나는 '종합 신앙인'으로 거듭났다. 우선 기독교의 뜻을 이어 두 손을 싹싹 빌며 새벽 기도를 바쳤다. 마냥 선량하진 않은 치릴로를 천국에 보내 달라고 간청했다. 솔직히 나는 천국에 갈 것 같았기에 치릴로가 천국에서 제발 얌전히 기다리고 있길 바랐다. 불교의 뜻도 받아들였다. 윤회한 치릴로의 혼이 깃들었을까 봐, 똥파리나 바퀴벌레를 죽이지 못했다. 치릴로가 붉은여우나 두루미의 모습으로 우아하게 윤회했을 것 같진 않았다. 나는 히죽히죽 웃으면서 거리의 개미에게 안부를 물었다. 무교(巫教)의 뜻을 받아 허공에 대고 소리칠 때도 있었다.

"할아버지, 귀신이 되었으면 당장 나타나. 귀신이어도 좋으니 제발 나타나."

그 짓도 지칠 때쯤 나는 달리기 시작했다. '건강한 신체에 건강한 정신이 깃든다!' 뭐 이런 자기계발적 표어에 기대어 일상을 회복해 보려 했다. 매일 밤, 집 근처 대학교 운동장의 트랙을 열 바퀴고 스무 바퀴고 돌았다. 그렇게 뛰다 보니 하루는 책 『와일드』의 주인공 셰릴 스트레이드가 떠올랐다.

셰릴은 평생의 사랑이었던 엄마가 세상을 떠난 후, 매일 아무나와 섹스하고 마약에 절어 살다 퍼시픽 크레스트 트레일(PCT, Pacific Crest Trail)을 홀로 걷기 시작한다. PCT란 캘리포니아주 멕시코 국경에서 시작해 캐나다 국경 너머까지 아홉 개의 산맥을 따라 걷는 4,285킬로미터의 도보여행 길을 가리킨다. 나는 셰릴처럼 될 수 있기를 바랐다. 그가 종점인 '신들의 다리(Bridge of the Gods)'에 도착한 뒤, 이렇게 말했기 때문이다.

"고맙습니다. 이 긴 여정을 무사히 마치게 해 주신 것, 그리고 마침내 내 마음속에서 하나로 합쳐진 그 밖의 모든 것들을. 그게 무엇인지는 아직도 모르겠지만 나는 이미 어떤 것이 내 마음속에 담겨 있음을 깨닫게 되었다. (……) 그렇게 나는 이 이야기를 완성했다."*

나도 이 이야기를 완성하고 싶었다.

셰릴이 횡단한 거리만큼을 뛰려면 트랙 한 바퀴가 400미터인 학교 운동장을 10,713바퀴 돌아야 했다. 까짓 나는 계속 달렸다. 계속 달리면서, 살아 움직이는 다른 사람들을 바라보았다. 하루는 운동장 한쪽 구석에서 공놀이하는 가족을 발견했다. 아이는 한 네 살쯤 되었을까. 젊고 건강한 가족을 보는 것만으로 마음이 복잡해졌다. 나는 그들을 흘끔 바라보며 달렸고 내 쪽으로 굴러온 공을 몇 번이고 발로 차 돌려주었다.

이미 엎질러진 물이었다. 나도 엎질러진 물이 되어 버릴 것 같았다. 몸을 앞으로 기울여 달리다가 확 쏟아져 버릴 듯했다. 아슬아슬한 심경으로 달리다 보면 나 자신이 가소롭기도 했다. 기만자, 난 진짜 기만자야. 치릴로가 살아 돌아온다고 해도 내가 그에게 되게 잘해 줄 것 같지 않은데 이렇게나 슬퍼한다는 게 같잖았다. 게다가 내가 아는 한 치릴로는 매일 무진장 심심해했다. 소형 카세트를 재생시켜 1,000곡의 노래를 듣고 또 듣는 것이 일상의 전부라고 말한 적 있었다. 약간 죽고 싶었을 수도 있어. 그런 생각에까지 다다르면 마음이 확실히 편해졌다.

깊은 밤 운동장 조명은 치과 의자에 누워 올려다보는 조명 같았다. 치과 의자에 앉아 우리가 할 수 있는 일이라곤 침을

---

* 셰릴 스트레이드, 우진하 옮김, 『와일드』(페이지2북스, 2024).

질질 흘리는 일뿐. 무심한 조명 덕분에 우리에게 일어난 일의 의미를 찾지 못했다. 만일 극복한다면 뭘 극복해야 하는 걸까. 심지어 극복이 무얼 위한 것인지조차 이해하지 못했다. 하루는 가장자리 트랙으로 옮겨 가 숨을 고르다 어렸을 적에 내가 로무알다에게 했던 질문을 떠올렸다.

"오빠가 열다섯 살, 서른두 살이었을 때 헤어졌으면 더 힘들지 않았겠어? 세 살 때 헤어졌는데도 아직도 슬픈데. 그러니까 그나마 낫지 않냐고."

로무알다가 화를 냈더라면 좋았을 텐데 그는 내 질문을 듣고 여러 가능성을 검토해 보기라도 하듯 생각에 잠겼다. 로무알다는 고민 끝에 답했다.

"글쎄, 그건 다른 문제일 것 같은데……."

3년만 해도 너무 길다고 느꼈던 내가 89년은 너무 짧다고 항의하고 있었다. 세상에 이별은 너무 많은데 그 이별들을 활용할 수가 없었다. '이별은 다른 이별로 잊혀지네'. 이런 제목의 노래는 존재하지를 않았다.

『와일드』의 한 문장이 입안에서 자꾸 맴돌 뿐이었다.

"신은 소원을 들어주는 존재가 아니었다. 그저 인정사정없는 개자식에 불과했다."

신은 개자식, 진짜 개자식. 정신은 더 피폐해져만 갔다.

선배를 만난 그날도 나는 개자식, 개자식, 중얼대며 한참을 달렸다. 그러고는 운동장에서 빠져나와 언덕을 내려가는 길에 선배를 만난 것이었다. 그는 신실한 크리스천으로 알려진 학과 선배였다. 선배는 노상 전도 중이었고 한 손에 팸플릿을 들고 있었다. 그는 잠시 멈칫하다 환하게 웃으며 내게 다가왔다.

"오늘 이렇다 할 만남이 없어서 간절히 기도했더니 이렇게 응답을 주시네. 우리 떠도는 영혼을 만났으니 말이야."

1학년 때 선배를 따라 교회 예배에 참석한 적이 있었다. 선배는 상경하여 혼자 사는 신입생들을 대상으로 밥을 사 줬고 예배에 데려가곤 했다. 나도 그중 하나였다. 나는 가톨릭 신자였지만 세월호 추모 예배에는 참석했고 이후로는 한 번도 참석하지 않았다.

선배는 반려동물의 안부를 묻듯 캐주얼한 태도로 요즘 신앙생활은 어떠냐고 내게 물었다. 지금까지 계속 말했다시피 당시 내 상황이 좀 그랬기에 나는 선배가 반색하며 달려들 답이라는 걸 뻔히 알면서도, 간절히 신을 믿고 싶다고 고백하는 수밖에 없었다. 물론 그에게 치릴로 이야기를 할 생각은 전혀 없었고 끝까지 하지 않았다.

선배는 대뜸 죽음이 끝이라 생각하느냐고 물었다. 그보다 더 시의적절한 질문은 없었다. 질문의 타이밍 때문에라도 신을 따르게 될 지경이었다. 나는 매 순간 느끼고 있는 바에 근거하여 답했다. 아쉽지만 끝인 것 같다고. 그러자 선배는, 죽음이 끝이라면 인간이 왜 선하게 살아야 하느냐고 물어 왔다. 권선징악을 주제로 한 동화책을 너무 많이 읽어서인지 "그러게요, 선하게 살아서 어디다 쓴데요?" 앙큼하게 반문하지는 못했다. 대신 답했다. 우리가 고통을 받는 존재들이어서 서로에게 너무 못되게 굴면 피차 안 좋을 것 같다고. 그러자 선배는 내가 깊이 생각해 본 적 없는 주제를 꺼내어 말했다.

"우리 인간에게 고통이 그렇게까지 결정적인 문제일까? 고통이야 한낱 동물들도 느끼는걸? 개네한텐 아프고 말고가 중요하겠지. 하지만 인간은 다르잖아. 에이, 설마 네가 동물이랑 같다고 생각하는 건 아니겠지?"

낯설었다. 대답을 고르는 과정에서 내가 동물과 다르다고 자신 있게 말할 근거가 없다는 사실을 깨달았다. 하지만 동물과 내가 같다고 선뜻 답하기도 주저됐다. 진화론의 핵심 아이디어를 처음 들은 유럽인들의 기분이 이랬을까. 나는 머뭇대며 동물과 내가 되게 다른 것 같진 않다고 답했다.

"흠, 그렇다면 너 자신이 귀하다고 생각은 하니? 하나님은 너를 많이 사랑하시는데."

동물과 나 자신을 동급 취급했다는 이유로 선배가 나의 자존감을 염려하자 나는 좀 당혹스러워지기 시작했다. 한편 그의 염려를 눈치채면서도 도저히 나 자신을 귀하게 생각한다는 말은 나오질 않았다. 나는 귀한가. 매 순간 느끼고 있는 바에 근거해 말하자면 나는 귀하지 않았다. 하지만 나뿐 아니라 모두가 안 귀해 보였다. 솔직히 그것 자체는 결정적인 문제가 아니었다. 진짜 문제는, 아무것도 아닌 존재들이 겪어 내는 고통의 크기가 측량할 수 없이 크다는 것이었다.

하지만 걱정스러운 표정을 짓고 있는 선배에게 "나도, 선배도 아무것도 아닌 것 같은데요." 앙큼하게 말할 순 없었다. 나는 단지 선배가 내뱉은 회심의 멘트를 살짝 교정해 주고 싶었다. 그렇게 밑도 끝도 없이 "그는 너를 사랑해." 말하니 종일 이렇다 할 만남이 없는 거라고. 길을 걷고 있던 내게 대뜸 고백한 것도 난감한데 친한 친구를 시켜 마음을 전하는 상대에게 매력을 느끼기란 어렵지 않겠나. 약간 고맙지만 솔직히 찝찝하고 되게 믿음직한 상대는 아닐 것 같다는 직감이 드는. 웬만큼 외롭지 않고서야 그런 멘트에 마음이 동할 리 없었다.

그럼에도 참으로 초롱초롱한 눈빛을 가진 선배가 부러웠다. 어떻게 해야 나도 선배처럼 믿고 의지하고 의미를 찾을 수 있을까. 선배는 분명 내가 갖지 못한 힘을 가지고 있었다. 종일 전도할 힘, 거절을 이겨 낼 힘. 그 힘의 원천이 궁금해 선배에게 어떤 마음으로 전도를 하느냐고 물었고 그가 답했다.

"나물 반찬만 먹다가 어느 날 고기 반찬을 먹었는데 너무 맛있는 거야. 다른 사람들한테도 이 맛을 알려 주고 싶어서 그러지."

'나물', '고기'와 같이 현실적인 단어들을 듣자 배도 좀 고파 왔고 정신이 차차 맑아졌다. 고통, 믿음에 관한 고찰은 나중에 하기로 하고 일단 선배에게서 벗어나는 게 좋겠다고 판단했다. 나는 대화를 마무리 지으려 애쓰며 그에게 인사를 건넸다. 그렇게 뒤돌아서서 서둘러 횡단보도를 건너려다 나는 그만 차에 치일 뻔했다. 그때, 휘청이는 나를 붙잡으며 선배가 소리쳤다.

"워워, 조심해. 너 그러다 천국 일찍 간다?"

선배와의 만남 이후, 나는 엉뚱하게도 채식에 관심을 갖기 시작했다. 다른 사람들한테 나물 반찬의 맛을 알려 주고 싶다고 생각한 적은 없다. 선배와의 대화가 내게 어떤 영감을 주긴 했다. 만에 하나 신이 있다면 그가 나만 혹은 인류만 사랑하진 않을 거라고 짐작하게 된 것이다. 금세 사랑에 빠지고 번호를 묻는 사람이 나한테만 질척댈 리 없듯이.

요즘도 종종 학교 운동장을 찾는다. 전에 운동장을 찾을 때마다 더없이 막막했기 때문인지 아무리 쨍한 대낮이어도 운동장에만 가면 막막함이 밀려온다. 진절머리 나는 조건반사. 종이 울리면 침을 흘리던 어떤 개를 생각한다. 과연 그 개는 괜찮았을까. 조건반사를 입증하기까지 수많은 개가 실험 당했다. 파블로프는 노년에 "내 실험에 희생된 개 700마리의 이름을 모두 기억한다."라며 죄책감을 토로했다. 700마리의 개들은 그들의 이름을 모르고 그들을 기억하지 못할망정 그들을 실험하지 않는 존재와 살 수 있어야 했다.

현재 나는 '종합 신앙인'도 '신앙인'도 아니다. 채식을 엄격하게 실천하고 있지 않으며 보름 전, 새우 세 마리를 먹었다. 나는 셰릴 스트레이드도 아니어서 내 마음속에서 하나로 합쳐진 무언가를 자신 있게 내보일 수가 없다. 이 이야기를 완성하지 못했고 이따금 달릴 뿐이다.

하지만 우리가 다신 만나지 못하고 내가 소중하지 않고 겪은 일들에 의미를 부여할 수 없어도, 거기서부터 새로운 삶의 양식을 발견할 수 있음은 경험했다. 이는 일찍이 예고된 바 없기에 나는 이런 예감도 하게 되었다. 언제든 이 양식 또한 내던져 버리고 새로운 양식을 찾아 나설 수 있을 거라고.

은행 경비원을 바라볼 때, 190밀리리터 두유를 원샷할 때, 무말랭이무침을 먹을 때, 내 가슴팍엔 시퍼런 무가 떨어진다. 그렇게 후두두 떨어지는 무를 받아 내다가 내 가슴이 무밭이 될 지경에 이르면 이런 생각을 하기도 한다.

'하! 치릴로와의 이별을 핑계 삼아 실컷 방황이나 해 볼걸. 셰릴 좀 봐, 얼마나 속 시원하게 방황했냐.'

하지만 앞으로도 핑곗거리는 계속 생길 테니 방황은 차근차근하기로 한다.

★

 아홉 살 때, 월요일 새벽이 오면 베란다에 나가 창살을 붙잡고 울었다. 아빠는 타워크레인 기사로 타지의 공사 현장에서 근무하다 일주일에 한 번 집에 돌아왔다. 월요일 새벽은 이별의 시간. 주차장을 향해 성큼성큼 걸어가다 이따금 고개 들어 내게 손 흔들어 주는 아빠. 나는 13층 우리 집에서 아빠를 내려다보며 '저게 마지막 모습이면 어떡해. 나는 기억을 해야 해.' 생각했다. 눈물 훔치고 다시 두 눈 부릅뜨길 반복하며 작아지는 아빠의 모습을 끝의 끝까지 쫓았다. 비가 오거나 바람이 거센 날 아침엔 기상청 ARS 번호인 '131'에 전화를 걸어 아빠가 일하는 지역의 날씨를 물었다. 한번은 태풍이 불어닥친 날, 겁에 질린 채로 다이얼을 누르다 '113'에 전화했다.

그곳은 간첩 신고 센터였다.

엄마는 오빠와 내게 집에서 소리를 질러선 안 된다고, 비명 비슷한 소리를 내어선 안 된다고 했다. 그런 소리가 아빠에게 안 좋은 기억, 건설 현장에서의 사고와 관련된 기억을 불러일으킨다고. 이제 와서 솔직히 말하자면 아빠의 목소리야말로 정말 크다. 종일 시끄러운 곳에서 지내는 사람이어서 아빠는 늘 목청껏 말한다. 그래야 당장 들어야 하는 말을 상대가 똑바로 들을 수 있으니까.

물론 아빠한테 시끄럽다고 투덜대 본 적은 단 한 번도 없다. 우리를 위해 멀리서 돈 벌어 오시는 아빠, 쥐 난 종아리를 주물러 가며 수십 미터에 달하는 타워크레인을 사다리 타고 성큼성큼 오르시는 아빠를 향한 우리 세 사람의 경외심이 엄청났기 때문이다. 방과후학교 수업을 등록할 때도 엄마는 내게 만 원 몇 장을 보여 주며 강조했다.

"자, 아빠가 애써서 벌어 오신 돈이다."

바짝 깎은 머리에 그을린 목덜미. 아빠의 외양은 꼭 군인 같았다. 행동거지도 절도가 있었다. 아빠한테만 들리는 메트로놈 소리에 따라 움직이는 듯했다. 게다가 아빠 덩치는 우리 세 사람을 다 합친 것보다도 컸다. 아빠한테 안마로 효도를 좀 해 보려고 해도 내 손아귀에 아빠 어깨가 다 잡히지를 않았다. 작은 주먹으로 아빠의 등판을 마구 두드려 봐도 아빠는 "약해! 약해!" 소리치며 도발했고 나는 훈련받는 복서처럼 땀을 삐질삐질 흘리며 모든 체중을 실어 아빠를 난타해야 했다. 빨갛게 부푼 나의 주먹. 효도라는 게 맘과 뜻대로 되지 않아 답답했다.

우리 가족이 대전오월드에 간 적이 딱 한 번 있다. 그날은 어린이날이었다. 먼저 주 랜드(Zoo Land)에 들러 물개와 흑곰과 원숭이와 이구아나를 보았다. 자연히 노아의 방주를 떠올릴 수밖에, 방주의 위용을 상상할 수밖에, 하느님 아버지의 뜻하심에 경탄할 수밖에 없었다. 한참 탄복하다 놀이기구가 있는 조이 랜드(Joy Land)로 넘어가는 길에 보니 파충류관 근처 부스에서 노랑 보아뱀과의 이벤트가 진행되고 있었다. 어린이들에게 보아뱀을 목에 둘러 보게 해 주는 이벤트였다. 오빠는 질색하며 몸을 뒤로 뺐지만 나는 당장 부스를 향해 달려갔다. 축축하고 무거운 뱀을 목도리처럼 두른 뒤에 나는 눈을 가늘게 뜨고 뱀을 응시했다. 뱀이 내게만 들려주고 싶은 어떤 말이 있을지 모른다고 생각했기에. 하지만 어떠한 음성도 들리지 않았다.

오빠는 놀이기구도 무서워했다. 이건 너무 높아서 못 타겠다, 저건 너무 빨라서 못 타겠다, 내내 겉돌았다. 그러다 별안간 용기를 내어 초급자용 롤러코스터인 '와일드 스톰'에 탑승했다. 이쪽저쪽으로 흔들리는 오빠의 모습은 정말이지 안쓰러워 보였다. 아닌 게 아니라 오빠는 내려오자마자 아침에 먹은 된장찌개를 다 토했다. 희멀건 얼굴로 민망해하는 오빠에게서 토 냄새가 폴폴 났다. 오빠가 영 기운을 못 내자 아빠는 어쩔 줄을 몰라 했고 심지어는 화까지 난 듯했다.

분위기를 전환하려던 걸까 아빠는 '자이언트 드롭'을 타겠다고 선언했다. 아빠는 높은 곳에서 매일 일하는 사람인데, 그런 사람이 높은 곳에서 떨어지는 놀이기구를 탄다는 게…… 아빠를 말리고 싶었다. 착석 후, 안전바가 채워지기를 기다리는 아빠. 안전바가 내려와 아빠의 몸을 단단히 감쌌다. 나는 아빠의 표정을 읽으려 애썼다.

'기대? 후회? 나는 딱 저 때, 심경이 가장 복잡하던데.'

마침내 아빠가 올라가기 시작했다. 54미터 괴물이 아빠를 부드럽게 낚아챘다. 땅에 남겨진 세 사람의 턱 끝이 서서히 들렸고 고개도 차차 꺾였다. 공중에서 달랑거리는 아빠의 두 다리만 보일 무렵 엄마가 말했다.

"저건 도전이야."

마침내 아빠가 떨어지고 계속 떨어지다 마침내 착지했다. 어찌 보면 당연한 건데, 아빠를 땅에 안전하게 놓아준 놀이기구에 감사한 마음이 들었다. 엄마는 다급히 카메라를 찾아 안전바가 올라가길 기다리는, 다소 얼떨떨해 보이는 아빠의 모습을 찍었다. 나는 엄마가 카메라 들고 사진 찍는 걸 그날 처음 보았다. 약간 휘청이며 우리에게 걸어오는 아빠.

"아빠, 어땠어?"

"그냥 좀 무섭네."

그 무렵, 몇몇 친구들은 나를 '아빠 없는 아이'로 생각했다고 한다. 성인이 되어 만난 동창 녀석이 내게 말했다.

"왠지 너한테 아빠가 없는 것 같았어. 그래서 우리는 네 앞에서 아빠 얘길 피했어."

내가 아빠 얘기를 하지 않아서? 아빠 얘기가 나올 때마다 낯빛이 달라져서? 소문의 발단을 추정해 보았지만 알 수 없었다. 눈빛을 주고받으며 황급히 화제를 돌리고 쉬쉬했을 아이들의 모습을 상상하다 나는 그만 웃음이 터졌다.

엄마가 없는 줄로 알았다는 말은 들어 본 적이 없지만, 나는 가끔 엄마가 없는 것 같았다. 엄마는 각종 아르바이트를 하느라 너무 바빴다. 녹차 김치를 팔았고 단추도 만들었다. 신발에 밑창을 붙였고 웨딩드레스에 비즈를 달았다. 내 머릿속에서 한 줄기로 꿰어지지 않는 일들을 해서인지 엄마는 실제로 그러한 것보다 더 정신없이 바빠 보였다. 한번은 엄마가 연등(燃燈) 재료를 잔뜩 들고 집에 온 적이 있다. 연등을 손수 만들어 사찰에 납품한다는 것이었다. 십자가와 성모상, 묵주가 즐비한 우리 집에 별안간 연등이 들어차기 시작했다. 빨강

연등, 노랑 연등, 초록 연등. 나는 연등을 밟지 않기 위해 까치발을 들고 조심조심 걸었다. 약간 신이 났다.

하교하고 돌아온 열두 살 나의 오빠는 신발장 앞에 멈춰 서서 집을 둘러보더니 어깨를 들썩이며 씩씩댔다. 오빠는 그대로 뛰어들어 연등을 마구 짓밟았다. 사찰 높은 곳에 매달려 빛을 낼 예정이었던 등불들이 바닥에서 속수무책으로 쪼개지고 터졌다. 그 소리가 무척 커서 오빠 자신도 다치고 있는 듯했다. 오빠는 몸을 부르르 떨며 엄마에게 비명 질렀다.

"이게 무슨 짓이야! 하느님 믿는 사람이 부끄럽지도 않아?"

당시 오빠는 복사(服事) 역할에 심취해 있었다. 미사 시간, 복사의 제의를 갖춰 입은 오빠는 사뭇 경건한 태도로 초를 점화하고 성찬 예물을 운반하고 의식 순서에 맞춰 종을 울렸다. 만일 오빠가 그날의 복사라면 그날 오빠가 아무리 한심한 짓을 하고 혼쭐났더라도 우리 가족은 오빠의 타종 소리에 맞춰 고개 숙이고 기도문을 읊조려야 했다. 그것이 바로 복사의 힘이었다.

그날, 신기하게도 엄마는 오빠를 혼내지 않았다. 착잡한 표정으로 전화기 앞에 앉아 잠시 훌쩍이더니 업체에 전화를 걸어 있었던 일을 그대로 다 말했다. 약간 일러바치듯이.

"제 아들이 말이에요……."

담당자는 별 미친놈을 다 본다며 오빠를 헐뜯었고, 파손

된 연등값을 엄마가 배상하는 것으로 사건은 마무리됐다.

연등을 모조리 박살 낸 만행은 지탄받아 마땅하다. 하지만 엄마가 연등 만들기 아르바이트를 한 것도 좀 발칙한 일이긴 했다. 엄마는 성당 교리교사였기 때문이다. 엄마는 수년째 성당에서 교리교사로 일하며 수백 명의 아이에게 기도문과 천주교 의례를 가르치고 있었다. 오빠와 나 또한 엄마에게서 이 세상의 모든 기도를, 기도하는 법을 배웠다.

성당에서 교리교사로서 만나는 엄마는 약간 차가웠다. 내게 일부러 거리를 두는 것 같았다. 그런 식으로 엄마가 나를 공정히 대해서 나는 떳떳했다. 내가 딸이라는 이유로 내게 더 다정히 굴었다면 나는 부끄러웠을 것이다. 엄마는 내가 사도신경의 한 대목 "성령을 믿으며 거룩하고 보편된 교회와……" 대목에서 자꾸 헷갈려 할 때 한 번도 내게 힌트를 주지 않았고 "다시 외워 오세요!"라고 단호히 말했다. 또 엄마는 기도문을 다 외운 아이의 노트에 포상으로 스티커를 하나씩 붙여 주곤 했는데 내가 기도문을 다 외웠을 때도 마찬가지로 스티커를 딱 하나만 붙여 주었다. 그래도 교리 공부를 마친 뒤엔 우리 모두를 가르쳐 주시는 선생님과 함께 집으로 돌아갈 수 있어 기뻤다. 더구나 그때만큼은 엄마와 단둘이 시간을 보낼 수 있었으니.

교리 공부하러 왔던 어떤 오빠를 기억한다. 그 오빠는 엄마가 없었다. 하루는 그 오빠가 엄마에게 부탁했다.

"선생님, 선생님 가슴 한 번만 만져 봐도 돼요? 가슴을 한 번도 만져 본 적이 없어서요."

나는 그걸 옆에서 입 딱 벌리고 지켜보고 있었다. 엄마는 흔쾌히 만져 보라고 했다. 허락이 떨어졌는데 정작 그는 만지질 않았다. 그 뒤로 그는 교리 공부를 하러 오지 않았다. 엄마가 집에 찾아갔는데 오빠의 누나가 고래고래 소리쳤다고.

"씨발, 다신 오지 마요. 교리니 뭐니, 그딴 걸로 귀찮게 하지 말라고요."

엄마는 그 집에 다시는 찾아가지 않았다.

열 살 때, 웬일로 학부모 상담에 참석한 엄마에게 담임 선생님이 이렇게 말했다고 한다.

"소윤이는 무인도에서도 살아남을 아이예요. 앞으로도 쭉 걱정하실 일은 없을 겁니다."

집에 돌아온 엄마가 기쁜 목소리로 선생님이 한 말을 전하기에 나는 낙담했다. 담임 선생님이 야속했다.

'선생님이 그렇게 말하면 엄마가 안심하잖아요. 내가 진짜 혼자 살아남아야 하잖아요.'

나에 대한 신뢰가 어찌나 대단했던지 선생님은 학급에서 겉도는 아이들을 꼭 내 옆자리에 앉혔다. 대략 잘 챙겨 줘라,

그런 뜻이었겠지. 나의 짝꿍이 된다는 게 어떤 의미인지 학급 아이들도 모두 알아차렸을 것이다. 불명예스러운 자리였을 것이다. 나는 자주 새 짝꿍을 맞이했고 종종 머릿니가 옮았다. 그 무렵, 어느 날 밤 나는 자다가 벌떡 일어나 엄마를 흔들어 깨운 뒤에 소리 질러 버렸다.

"엄마, 지금 여기 만두가 다섯 개 있어. 그러면 나한테 몇 개 줄 거야? 다른 사람들한테 몇 개 주고 아빠랑 오빠한테 몇 개 주고 나한테는 몇 개 줄 거냐고."

나는 바닥을 구르며 울었고 자리에서 일어나 펄쩍펄쩍 뛰기를 반복했다. 그 모습을 본 오빠가 소리쳤다.

"엄마, 쟤 악귀 들렸어. 당장 신부님께 전화하자."

오빠는 성당에서 나눠 준 달력 앞으로 가 거기 적힌 성당 전화번호를 불렀다.

"엄마, 빨리!"

엄마는 나를 간신히 달래어 앉혔다. 나는 엄마 무릎에 고개를 처박고 울었다. 엄마는 눈물로 젖은 내 머리카락을 귓바퀴 뒤로 넘겨 주며 말했다.

"미숙아로 태어나서 그런가."

다음 날 아침, 오빠는 내게 간밤의 일에 대해 소상히 설명해 주었다. 마치 내가 정말로 정신이 나가, 있었던 일을 기억하지 못할 거라는 듯이. 당연히 나는 맨정신으로 발악한 것이었지만 그렇게 상세한 묘사를 듣고 있노라니 심히 부끄러웠다. 그래서 그 뒤론 잠들기 전, 꼭 성경 구절을 읊조렸다. 내가 가장 좋아한 구절은 누가복음 1장 38절, 마리아의 명대사였다.

"저는 주님의 종입니다. 말씀하신 대로 제게 이루어지길 바랍니다."

마리아가 천사 가브리엘로부터 예수 그리스도의 잉태를 예고받은 뒤 한 말이다. 내 세례명이 마리아여서인지 유난히 와닿았다. 게다가 두 문장을 중얼거리다 보면 손에 꼭 쥐고 있던 풍선을 탁 놓아 버린 듯 쓸쓸해하다 이내 홀가분해질 수 있었다.

우연히도 그해 성탄절 미사 시간에 신부님이 퀴즈를 냈다.

"마리아가 수태고지(受胎告知) 받은 후에 무어라 말했을까요?"

나는 손을 번쩍 들어 정답을 맞혔다. 나의 속도 혹은 정확도에 당황한 신부님은 답을 어떻게 맞혔느냐고 내게 물었다.

"그건요, 제가 매일 밤 잠들기 전 외는 구절입니다."

퍽 신통해 보인 걸까, 곳곳에서 나직한 탄성이 터져 나왔다. 마리아의 말을 되풀이하는 일은 내게 지극히 자연스러운 일인데? 나는 조금 우쭐해졌다.

그렇게 잘난 척을 하고 얼마 지나지 않아 나는 모두가 보는 앞에서 예수님을 배신했다. 신앙학교에서의 일이다. 우리는 아침부터 대강당에 모여 율동하며 찬송가를 불렀고 기도를 올렸다. 그러고는 조선의 천주교 박해의 역사를 공부했고 다 같이 영화 「패션 오브 크라이스트」를 보았다. 나는 손톱을 물어뜯으며 영화를 보았다. 대제사장과 서기관, 유대인 등이 깡마른 예수님을 정말 말도 안 되게 괴롭혔다. 쏟아지는 채찍질과 돌팔매질, 대망의 못질과 십자가형까지.

나는 솔직히 유대인들에게 실망했다. 그 전까지만 해도 내게 '유대인'이란 착하고 똑똑하고 그런 바람에 당하고 살았던 이들이었는데 이게 무슨 일이람. 결정적으로 나는 하느님께 실망했다. 아무리 예수님을 부활시켜 줬다고 해도 모진 수난을 방관하고 심지어 설계한 죄를 다 갚음할 순 없는 법이었다.

충격과 실망감 속에서 정신을 못 차리고 있던 때, 갑자기 강당의 불이 꺼졌다. 종일 상냥했던 대학생 교리교사 언니 오빠들이 갑자기 물풍선을 던지며 우리를 구석으로 몰아넣기 시작했다.

"배교하라! 예수를 부정하라!"

말하자면 순교 체험이 시작된 셈이었다.

처음 한두 번은 맞을 만했다. 조금 우습기도 했다. 물풍선 놀이야, 뭐야. 아까까지 단상에 올라 율동을 선보였던 오빠가 갑자기 박해자로 돌변한 상황을 어떻게 받아들여야 할지 난 감했다. 내가 오빠 세례명도 알고, 사촌 형이 신부님인 것도 엄마한테 들어서 다 아는데 갑자기 웬 박해자 행세야. 아니나 다를까, 몇몇 애들이 키득키득 웃었다. 분위기가 애매해지자 교리교사 언니 오빠들이 본격적으로 험악해져서는 힘껏 물풍선을 던졌다.

"배교하라! 목숨이 아깝거늘 예수를 부정하라!"

박해자들은 핏대 세우며 빽빽 소리쳤고 우리는 윽, 윽 소리 내며 몸을 웅크렸다. 색색의 물풍선이 곧게 날아와 내 몸에 딱딱 꽂혔고 온몸이 축축하게 젖었다. 아팠다. 정말 아팠다. 아프고 비참해서 눈물이 다 났다. 나는 집에서도 오빠한테 이따금 처맞는데 성당에서까지 맞아야 하나. 게다가 방금 본 영화 속 장면이 머릿속을 스쳐 지나갔다. 이렇게 계속 참다가 결국 십자가형까지 받는 거 아니야? 나는 구석에 박혀 고민하다 결국 소리쳤다.

"저 배교요! 그거 할게요! 예수님 안 믿을게요!"

순간 강당이 고요해졌고 물풍선 세례도 잦아들었다. 박해자와 예비 순교자 모두가 나를 바라보았다. 마치 희대의 배신자, 가롯 유다가 환생하기라도 한 양. 나는 어깨를 들썩이며 울었고 손바닥으로 연신 얼굴을 쓸어내리며 눈물 콧물을 닦았다. 그러는 중에도 몸에 덕지덕지 달라붙은 풍선 조각이 계속 신경 쓰였다. 불행인지 다행인지, 나의 배교 선언을 기점으로 박해의 열기는 소강상태에 접어들었고 강당의 불이 반짝 들어왔다. 모두가 주섬주섬 자리를 정리한 뒤에 샤워실로 이동했다. 샤워실로 향하는 길에 초등부 회장 자리를 두고 나와 경쟁하다 근소한 차이로 당선된 회장 남자애가 내게 바짝 다가와 이죽댔다.

"마리아가 예수님을 배신했대요, 예수님을 배신한 마리아래요."

실망의 연속이었던 하루. 끝으로 나는 나 자신에게 크게 실망하고 말았다. 그렇다고 억울하지 않은 건 또 아니어서 이가 빠득빠득 갈렸다. 취침 시각, 낯선 이부자리에 누워 높디높은 성당 천장을 째려보았다. 밤마다 외는 성경 구절을 반복해 읊어 보아도 평안은 찾아오지 않았다.

오빠와 나 사이엔 성경을 활용한 암호가 있었다. 오빠는 거실 소파, 나는 소파 아래 바닥에서 자곤 했는데 우린 서로에게 "지금 얼마나 졸려?" 하고 묻는 대신 "하느님?" 하고 물었다. 너무 길게 속닥거리면 부모님이 안방에서 튀어나와 "안 자고 뭐 하니!" 역정 낼 게 뻔했기 때문이다.

'열두 제자'는 '하나도 안 졸려', '성모 마리아'는 '그럭저럭 졸려', '예수님'은 '잠들기 일보 직전이야'라는 뜻. 가톨릭 내

위상이 높은 인물일수록 졸림의 정도가 심한, 그런 암호 체계였다. 잠이 오지 않는 밤, 오빠가 "열두 제자" 하고 답해 주면 나는 기뻤다. '예수님'이 될 때까지 수다를 떨 수 있는 건 아니었지만 나도 아직 '열두 제자'인데 오빠도 '열두 제자'여서 좋았다.

오빠가 중학생이 된 뒤로 우리는 각자의 방에서 자게 되었다. 오빠는 너무 큰 교복을 입고 다니는 중학생이 되었고, 마찬가지로 꺼벙해 보이는 친구들과 어울리기 시작했다. 아쉬운 대로 나는 옆집 세 자매와 놀았다.

옆집 사람들은 '여호와의 증인' 신도들이었다. 그들은 매일 식탁에 둘러앉아 교리를 공부했다. 나는 옆에 끼어 앉아 교리 말씀을 들었고 그들의 교리를 공부하며 언니들이 생일과 성탄절을 챙기지 않는 이유를 차차 이해해 갔다. 여호와의 증인 교리에 따르면, 예수님께서는 출생이 아니라 죽음을 기념하라고 말씀하셨다. 그런 까닭에 언니들은 내가 생일을 물어도 그런 건 모른다고 했고 "메리 크리스마스!" 인사해도 그건 예수님의 '생일'이니 못 들은 척하며 받아 주질 않았다. 나와 언니들은 인기 드라마의 명장면을 따라 하는 연기 놀이를 하며 이미 몇 차례 뽀뽀도 한 사이였는데!

옆집 식구들은 전도하기 위해 가가호호 문을 두드렸고, 나는 나와 시간을 보내 줄 사람이 필요해서 옆집 문을 두드렸다. 언니들이 집을 비운 날엔 도서관에서 홀로 책을 읽었다. 언니들에게서 받은 '여호와의 증인' 책자를 가져가 읽을 때도 있었다. 책자의 제목은 『파수대』로 성경 구절에 관한 해설이 주요 내용이었다. 훗날 나는 『호밀밭의 파수꾼』을 읽으며 어떤 대목에서든 여호와의 증인 관련 이야기가 나오지 않을까 내심 기대했는데 전혀 나오질 않아 크게 실망했다.

가족들은 내가 옆집에 가서 말씀 듣는 걸 말리지 않았다. 내게 무심했을 뿐 아니라 여호와의 증인도, 나의 사교 활동도 그리 진지하게 여기질 않았던 것이다. 실은 나도 내심 옆집 식구들의 교리와 신행을 별나고 우스운 것으로 여겼다. 그럼에도 집집마다 문 두드리는 언니들이 정작 바로 옆집인 우리 집 문을 두드리지 않는 점은 왠지 신경이 쓰였다.

하루는 나보다 두 살 많은 셋째 언니에게 대놓고 항의했다. 내가 언니들 생일 모르는 건 대충 넘어간다고 쳐도, 언니들이 우리 집에 놀러 오지 않는 건 대체 어떻게 받아들여야 하느냐고. 셋째 언니가 곤란해하며 입을 열었다.

"너희 집에는 방마다 십자가가 있잖아."

십자가? 십자가가 걸려 있기야 한데 그게 왜 문제냐고 물었더니 셋째 언니는 십자가가 '무섭다'고 대답했다.

"왜 무서운지 정말 얘기해 줘? 이 얘기를 들어도 정말 괜찮겠어?"

십자가가 무섭다니? 십자가는 우리를 지켜 주는데? 너무 궁금해 귀가 다 두근거렸고 갈증이 차올라 소리쳤다.

"알려 줘! 알려 줘!"

언니는 내게 속삭이듯 말했다.

"십자가는 문이야. 좋지 않은 것들의 문. 그런 걸 벽에 걸다니, 하느님께서 기뻐하실 리 없지."

그날, 집으로 돌아간 나는 십자가 쪽은 쳐다도 못 보았다. 이렇게 십자가가 잔뜩 있는 집이 우리 집이라는 게 원망스러웠다. 십자가의 비밀이 사실인지 아닌지 누구라도 붙잡고 묻고 싶었는데 이 불온한 말을 입에 올리는 것 자체가 두려워 전전긍긍했다.

밤이 되어 이부자리에 누운 나의 상태는 단연 열두 제자(하나도 안 졸려). 나는 베드로이자 안드레아이자 야고보이자…… 나는 베개 귀퉁이를 물어뜯다 결국 오빠 방 앞으로 달려가 문을 두드렸다.

"하느님?(지금 얼마나 졸려?)".

다행히 '성모 마리아(그럭저럭 졸려)' 상태였던 오빠에게 십자가의 비밀을 누설했다. 오빠 방의 십자가가 나를 내려다보고 있어 한마디 한마디 내뱉을 때마다 용기를 끌어모아야 했다. 이야기를 끝까지 들은 오빠는 코웃음 치더니 옆으로 돌아누웠다.

"십자가가 문이면 저기로 나가기도 한다는 거잖아?"

나는 내 방으로 돌아가 십자가를 통해 나가고 또 나가는 귀신들을 상상하다 잠들었다.

아빠도 없고 엄마도 없고, 오빠와 옆집 언니도 모두 내 곁에 없던, 어느 무인도의 날. 아파트 단지 앞 공터를 지나는데 언젠가 내게서 500원을 뜯어 간 동네 오빠가 자전거를 몰고 와서 내 앞에 멈춰 섰다. 그는 대뜸 내게 자전거 타는 법을 가르쳐 주겠다고 했다. 그 오빠는 덩치가 컸고 귀가 소라껍데기 모양이었다. 당시 나는 집에 있는 걸 좋아하는 아이, 그림자가 길어지는 게 징그러워 되도록 땅을 쳐다보지 않는 아이였지만, 당장은 동네 오빠가 더 무서워 "그래, 좋아." 하고 답했다.

나는 얼결에 자전거 안장에 올랐다. 놀랍게도 페달을 밟고 중심을 잡기까지 오랜 시간이 걸리지 않았다. 금세 공터를 뱅글뱅글 돌았다. 문제는…… 멈출 수가 없었다. 자전거를 멈추는 법은 대체 언제 어떻게 배워야 하는 걸까?

문제는 오빠도 멈추는 법을 언제 어떻게 가르쳐야 하는지 몰랐다는 거다. 그는 어, 어, 소리 지르며 나를 뒤쫓았고 이러다가는 집에 못 돌아가겠다 싶었는지 어디선가 큰 돌덩어리를 구해 와 내 앞길에 던졌다. 돌덩어리에 부딪힌 뒤에야 자전거는 멈췄고 나는 자전거로부터 튕겨 나가 쓰러졌다.

아래가 너무 아프고 뜨거워 일어날 수가 없었다. 쓰러진 자전거를 일으킬 새도 없이 당장 집으로 달려가 팬티를 내려 보니 피가 묻어 있었다. 억울함이 몰려왔다. 대체 왜 자전거를 가르쳐 준다고 한 거야, 왜 하필 나야. 게다가 이 일이 사소한 일인지, 아닌지를 가늠할 수 없고 그걸 물어볼 사람도 없어 막막했다. 나는 아무 연고나 찾아 덕지덕지 발라 버렸다.

얼마 후, 그 오빠는 옆집 셋째 언니와 사귀기 시작했다. 두 사람이 놀이터에서 어른들처럼 놀고 있는 모습을 목격한 뒤로 나는 더 이상 옆집에 놀러 갈 수 없었다. 갑자기 언니와 나 사이 나이 차이가 커진 느낌. 게다가 남녀가 그러는 걸 직접 본 건 처음이었다. 마음이 영 거북했다. 대신 자전거 타는 재미에 푹 빠졌다. 동네에 여러 코스를 만들어 혼자 놀았다. 여기는 초급자 코스, 저기는 스릴 만점 코스. 그날그날 기분에 따라 코스를 골라 내달렸다. 자전거를 탈 때는 혼자여도 괜찮았다. 어차피 자전거는 혼자 타는 거니까 서글플 필요가 없었다.

그렇게 매일 자전거를 타다 하루는 스릴 만점 코스 비탈길에서 세게 넘어졌다. 윗몸을 일으켰는데 땅바닥에 물방울이 툭 떨어졌다. 비가 오려나. 고개를 젖혀 하늘을 보았는데 그저 맑았다. 어디 다친 곳이 있나 고개 내려 내 몸을 살폈는데 바로 그때 다시 물방울이 후두두 떨어졌다. 자세히 보니 핏방울이었다. 턱 끝이 얼얼해 매만져 보았다. 벌어진 살 틈으로 손가락이 미끄러져 들어갔고 찌릿한 감각이 온몸에 퍼졌다.

어떡하지, 우왕좌왕하다 하는 수 없이 자전거를 일으켜 세웠다. 집으로 가장 빨리 돌아가기 위해서는 결국 자전거를 타고 가는 수밖에 없었다. 넘어진 지 1분도 채 지나지 않아 다시 페달을 밟았다. 그때까지 내 본 적 없는 최고 속도로 달리기 시작했다. 두 팔이 떨려 핸들을 더 꼭 붙잡아야 했다.

집 앞에 도착해 자전거를 내팽개치며 안장에서 내렸다. 엘리베이터를 타고 13층까지 올라가는 동안 거울 속 못난 나를 넋을 놓고 바라보았다. 혹이 부푼 이마, 피로 물들어 가는 노랑 셔츠 깃. 나는 약간 겸연쩍어하며 집에 들어갔다. 마침 집에 있던 오빠가 엄마에게 곧장 연락해 주었다. 오빠는 처음엔 충격받은 기색이더니 차차 나를 놀리기 시작했다.

"너 지금 ET 같아."

나를 안심시키려 장난치는 걸 알면서도 오빠의 말에 어찌나 서운하던지. 나는 시린 턱을 감싸 쥐고 소리쳤다.

"내가 진짜 ET였으면! 이렇겐 안 다쳤어!"

ET는 자전거를 타고 달까지 날아오를 줄 알았으니.

연락받고 달려온 엄마가 엉엉 울면서 소피아에게 전화했다.

"엄마, 이럴 땐 어떻게 해야 해."

택시를 타고 가는 길 내내 엄마가 너무 많이 울었다. 병원에 도착하자마자 수술을 받았다. 찢어진 바로 그 부위로 마취 주삿바늘이 들어갔다. 마취를 했음에도 바늘과 실의 드나듦이 어렴풋하게 느껴졌다. 무언가가 내 살을 뚫고 드나들고 있다는 사실이 너무나 역겨웠다. 드나들고 다시 드나들고. 나는 엄마의 흐느낌을 듣다 그만 기절하고 말았다.

★

　새벽이 오면 소피아는 촛불을 켜고 기도를 바쳤다. 한여름에도 냉기가 도는 부엌에서 진녹색 카디건을 어깨에 걸치고 기도했다. 소피아는 노련한 손놀림으로 성냥을 그었고 불붙은 성냥을 초에 쓱 갖다 댔다. 불은 한차례 자빠졌다 일어난 뒤 부엌을 밝혔다. 소피아는 아주 작은 촛불 앞에서 아주 많은 사람의 이름을 읊었다. 소피아의 자식과 자식의 배우자와 그들 사이에서 태어난 자식과…… '이름'이라는 게 기도를 받기 위해 존재하는 것 같았다. 소피아의 기도 소리가 들리면 나는 이불에서 빠져나와 거실에서 얼쩡거렸다. 부엌 반투명 미닫이문에 번진 주황빛을 바라보았고 그 빛을 일출 삼아 잠기운에서 차차 풀려났다.

소피아가 기도를 마칠 때쯤이면 치릴로의 방에서는 박수 소리가 들려왔다. 치릴로는 기상 후에 건강 박수 체조를 5분간 실시했다. 체조 후에는 나를 위해 물을 끓였다. 찬물 담긴 세숫대야에 내가 "오오, 그만, 그만." 할 때까지 펄펄 끓는 물을 부어 주었다. 나는 늘 내가 원하는 것보다 약간 더 따뜻한 물로 눈곱을 떼고 하루를 시작했다.

정오 무렵부터는 대문이 쉴 새 없이 열리고 닫혔다. 동네 어른들이 집으로 모여들었다. 그들은 사랑방에 모여 화투를 쳤다. 소피아는 제육볶음을 만들었고 치릴로는 야쿠르트와 소주를 날랐다. 단골 중에는 스님이 있었다. 나는 그가 대문을 열고 들어올 적마다 대강 인사했고 그와 시선을 마주치지 않으려 애썼다. 화투 치는 스님을 깔보는 마음이 없지 않아 있었다. 사실 결정적으로는 스님이 화투 치러 들락날락하는 걸 못 본 체해 줘야 할 것 같아서 시선을 맞추지 않은 것이었다. 내 나름의 배려였다.

그 무렵, 나는 치릴로가 성당 계단에서 데굴데굴 구르는 걸 뒤에서 다 지켜봤을 때도 바로 달려가 "할부지, 괜찮아? 어디 봐 봐." 하지 않았다. 그 또한 내 나름의 배려였다. 내가 넘어졌을 때 누군가 달려와 나를 보살피려 하면 나는 너무 창피했으니까.

한편, 넘어진 치릴로를 못 본 체한 뒤로 나는 한동안 같은 꿈을 반복해 꾸었다. 두 무릎이 다 까진 채 계단에 걸터앉아 멀뚱거리는 치릴로. 이런 꿈을 꾸고 깨어난 뒤에는 한숨이 절로 나왔다.

'나를 위해서라도 그때 그러면 안 되는 거였어. 바로 달려가서 괜찮냐고 물어보고 보살폈어야 했어.' 후회하며 하루를 시작했다.

하루는 소피아에게 내가 반복적으로 꾸는 꿈과 꿈을 둘러싼 일에 관해 고백했다. 소피아는 기도를 많이 하는 사람이니 내가 무슨 말을 하는지 알아들을 것이었다. 소피아는 자신도 반복적으로 꾸는 꿈이 있다고 했다. 식탐 많은 여동생이 철쭉을 진달래라고 박박 우기며 끝도 없이 빨아 먹는 꿈. 소피아는 꿈 내내 동생을 쫓아다니며 등짝을 때린다고.

"철쭉을 그리 먹으면 탈이 나거든."

대체 그 꿈이랑 내 꿈이랑 무슨 상관이람. 그러니 소피아에게 고백한 후로도 딱히 달라진 것은 없었다. 같은 꿈을 또 꾸고 한숨 푹푹 쉬며 하루를 시작하고. 다만 소피아한테도 반복적으로 꾸는 꿈이 있다는 사실을 떠올리면 마음이 한결 나아지긴 했다. 그것이 위안이라면 위안이었다.

동네 화투 마니아들이 하나둘 집으로 돌아간 후엔 내가 사랑방에 가서 화투 패를 정리했다. 마흔여덟 장이 빠짐없이 있는지를 확인했다. 어른들처럼 탁탁, 소리 내며 패를 섞어 보기도 했는데 내 손이 너무 작아 결국 많은 패를 떨어뜨리게 되었다. 패를 정리한 뒤에는 두 손에서 동전 냄새가 진동했다. 동전 더미에 손을 깊숙이 넣었다가 뺀 것 같았다. 그렇다고 해서 부자가 된 것 같은, 그런 기분은 아니었다.

대문을 열고 들어가면 바로 오른쪽에 개가 묶여 있었다. 수많은 개가 그곳을 거쳐 갔지만 단 한 마리와도 친하게 지내지 않았다. 있었던 개가 사라지고 낯선 개가 새로 왔을 때 "할부지, 전에 개 어디 갔어?" 그런 질문을 한 적도 없었다. 어차피 문지기 개였고 짖는 게 걔네 일이었다. 우습게도 걔네는 내 마음을 다 아는 것처럼 나를 향해 무진장 짖곤 했다. 나는 딱 봐도 아주 작고 도둑질은 아주 가끔만 하는데 나한테 왜 저래? 어이가 없었다.

대문 바로 왼쪽에는 푸세식 화장실이 있었고 화장실을 지나 안쪽으로 더 들어가면 작은 방이 있었다. 종일 집을 비우다시피 하는 사람들이 그 방을 거쳐 갔다. 거기 세 들어 사는 이와는 마주친 적이 없었다. 세입자는 대개 중국인이거나 노동을 많이 하는 노동자이거나 둘 다였다.

대문을 지나 마당까지 가기 위해서는 큰 용기를 내야 했다. 내 뒷덜미를 확 낚아챌 것 같은 문지기 개와 재래식 화장실과 세입자. 이런 존재들을 뒤로하고 마당까지 가는 길에는 심지어 높은 턱이 있었다. 싱숭생숭한 마음을 다독이며 잰걸음으로 가다 발이 엉키기 일쑤였다. 넘어진 나는 으앙, 울음을 터뜨리지 않았다. 넘어진 게 민망해서 울지 않은 게 아니었다. 나를 달래 줬으면 하는 존재가 어차피 그 근처에 없었기 때문에 울지 않은 거였다. 나는 자리에서 벌떡 일어나 쓸린 살갗에 피가 채 맺히기도 전에 서둘러 걸음을 옮기곤 했다.

마당에는 텃밭이 있었는데 뭔가 늘 시들시들 자랐다. 고추나 방울토마토 같은 것들은 막상 키우면 저따위로밖에 자라질 않는구나 싶었다. 예쁘지도 실하지도 않은 그것들을 유심히 볼 일은 마당에 신문지를 깔아 놓고 똥을 눌 때 이외에는 없었다. 푸세식 화장실은 곧 죽어도 가기 싫어했던 내가 발을 동동 구르면 치릴로가 마당에 신문지를 펴 주었다. 힘주어 똥을 쌀 때만 시시한 것들에 눈길을 줬다.

마당을 지나 사랑방 지나 안쪽으로 들어가면 아궁이가 있었다. 아궁이를 지나 안으로 더 들어가면 비밀의 문이 있었다. 그 문은 간혹 열렸다. 뒷마당으로 통하는 문이었다. 뒷마당에는 닭과 오리가 살았다. 하루는 치릴로가 내게 백숙을 해 주겠다고 뒷마당에서 닭 한 마리를 잡아 왔다. 닭을 마구 때려 정신을 잃게 하더니 목을 쳤다. 기절해 있던 닭이 벌떡 일어나 머리가 없는 채로 빙글빙글 돌았다. 그날, 치릴로와 소피아와 나는 닭의 살을 나눠 먹었다.

치릴로와 소피아의 집에선 종일 음악 소리가 끊이질 않았다. 두 사람은 TV 음악 프로그램을 즐겨 보았다. 음악 프로그램이 끝난 뒤에는 1,000곡이 들어 있는 카세트를 재생시켰다. 카세트를 얼마간 듣다가 송출 시간에 맞춰 라디오 노래방 코너를 들었다. 전화 연결이 된 노인들의 음정 박자는 그야말로 엉망이었다. 나이가 들면 노래를 못하게 되는 걸까, 아니면 저 사람들은 원래도 노래를 못했을까. 원래도 노래를 못했을 거라고 나 혼자 결론 내렸다. 그렇게 생각해야 기분이 덜 나빠서 그랬을 것이다.

성당에서 열린 기타 수업을 통해 갈고닦은 연주 실력을 두 사람 앞에서 맘껏 뽐내곤 했다. 성당에서 빌린 기타를 가져가 「즐거운 나의 집」과 「아리랑」을 연주했다. 나의 오빠는 내가 기타 치는 꼴을 보기 싫어했다. 넌 애가 잘난 척 좀 그만하라며 짜증을 냈다. 나는 굴하지 않고 치릴로와 소피아의 생일 잔치에 꼭 기타를 들고 가서 축하 공연을 했다. 한번은 오빠가 내게 그만 좀 나대라고 창피하다고 타박하고 있을 때, 소피아의 남동생이 곁에 와서 내 편을 들어 주었다.

"누이 어린 시절 모습과 꼭 닮았어. 누이가 키타를 연주하거나 한 적은 없지만 자태가 꼭 같아."

소피아는 액자 앞에 서서 액자 안에 꽂힌 사진이 아닌 유리에 비친 자신의 모습을 한참 비춰 보는 소녀였다고. 소피아

동생이 내 편을 들어 주어 나는 "거봐, 거봐." 뻐기며 오빠를 흘겨볼 수 있었다. 사실 나는 소피아 동생이 내 편을 들어 준 그 순간에만 잠시 그가 친근했다. 일을 하다 다친 바람에 그에게는 왼손 검지 한 마디와 오른손 약지 한 마디가 없었다.

음악을 함께 들을 때, 나는 치릴로의 머리통을 자주 만지작거렸다. 남들과는 아주 다른 치릴로의 머리. 치릴로의 머리는 곳곳이 움푹 파여 있었다. 살을 꿰맨 자국도 굵직하게 나 있었다. 태양계 어느 행성의 표면과 같은 모습. 왜 흉터의 살결은 유난히도 연하고 미끄러운 걸까.

고아였던 치릴로는 아홉 살 무렵 일을 시작했다. 출퇴근을 위해 혼자 거리를 걷다 보면 경찰한테 붙잡혀 혼날 때가 있었다고.

"쪼끄만 게, 왜 혼자 돌아다녀!"

빵 기술을 배워 일한다고 씩씩하게 답하면 경찰은 "열심히 해야 한다!" 하고 아이를 돌려보냈다. 하루는 퇴근길에 교통사고를 당했다. 기업 오너의 차에 치였는데 오너는 피로 떡칠된 아이를 병원에 데려다 놓고는 제 갈 길을 도로 갔단다. 이 애는 이미 죽은 목숨이다 싶었는지 의료진은 피를 닦지도, 거들떠보지도 않고 아이를 응급실 한쪽에 치워 두었다. 다행히도 길 가다 소식을 접한 옆집 아저씨가 달려와 병원을 뒤집어 놓았다. 그는 조선일보 기자. 아저씨가 호령하자 의료진이 일사불란하게 움직이며 그제야 아이의 남은 목숨을 돌보기 시작했다. 의식을 찾은 아이에게 기자 아저씨가 이렇게 말했다.

"채 피지 않은 함박꽃이었기에 살 수 있었단다. 봉우리가 여며 있는 함박꽃."

생명력을 품고 있되 참으로 연약한 함박꽃. 치릴로는 그런 함박꽃이어서 살아날 수 있었고 또 한편 죽을 뻔한 것이기도 했다.

수술을 마친 후에도 아이는 침대에서 벗어나지 못했다. 침대에 꽁꽁 묶여 있어야 했다. 그렇게 반년이 지나고 어느 날 의사가 들어와 방 한쪽 귀퉁이와 맞은편 귀퉁이에 못을 박았다. 못에 줄을 동여매어 방을 길게 가로지르는 길을 만들었다. 아이는 줄에 의지해 벽에서부터 벽까지 거듭 걸었다. 그렇게 다시 걸음마를 익혔다.

의사는 다 나은 아이를 택시에 태우고는 온 동네를 쏘다녔다. 창밖으로 몸을 내밀고, 내가 이 아이를 살려 냈노라고 외쳐댔다. 죽다 살아나 두 번째 걸음마를 배운 아이는 다시 빵공장으로 출근했다. 일터로 복귀한 아이는 하지 않던 실수를 거듭했다. 그럴 때마다 다 아물지 않은 머리를 은쟁반으로 꽝꽝 맞았다. 맞고 또 맞고 배우고 또 배울 뿐이었다. 그렇게 배운 기술로 수십 년을 일하다 노년에 접어들면서 슈퍼마켓을

차렸다.

이 이야기를 전해 들은 뒤, 나는 치릴로와 빵을 먹을 적마다 꼭 물어보았다.

"그럼 이 빵도 만들어 보았어?"

치릴로는 답했다.

"이런 빵을 만들기란 아무것도 아니야."

그게 무슨 빵이든, 소보로빵이든 카스테라든, 늘 그렇게 답했다. 아무것도 아니야. 크고 높고 아득한 말이었다.

치릴로와 소피아의 집에서 나와, 홀로 동네를 돌아다니며 노는 날도 있었다. 걸려 온 전화를 전화 예절에 따라 받는 일도 재미없고 잔심부름도 재미없고 노래방 코너 참가자들의 엉터리 노래 솜씨도 못 들어 주겠는 그런 날도 있는 법이었다. 사실 그런 날이 거의 전부였다.

버스 정류장 근처에 초상화가의 화실이 있었는데 나는 화실 유리창에 딱 붙어 안을 들여다보곤 했다.

'저건 안성기, 이건 머라이어 캐리, 이분은 교황 요한 바오로 2세.'

어떤 인물은 초상화 속에서 더 고약해 보였다. 나는 윈스턴 처칠의 초상화를 특히 무서워했다. 처진 아랫입술, 관자놀이까지 길게 빠진 흰 눈썹이 못생겨 보였다. 화실 안을 들여

다본 뒤에는 정류장 의자에 앉아, 속도를 늦췄다 다시 출발하는 버스들을 바라보았다.

'이 버스는 우리 집 가는데, 저 버스도 우리 집에 가는데.'

사실 나는 '진짜 우리 집'에 가고 싶었다. 치릴로와 소피아의 집이 싫은 건 아니었지만 진짜 우리 집이 나를 힘들게 하지 않았더라면 굳이 찾아오진 않았을 거였다. 이런 마음을 떨쳐 낼 수가 없어 두 사람에게 미안했다. 너무나 큰 사랑을 주는데 딴마음을 품어 죄송합니다…….

치릴로와 소피아의 집에 최대한 늦게 돌아가고 싶은 날에는 미로 같은 골목길에 가서 모험을 했다. 몇 걸음 뒤에 갈림길 또 몇 걸음 뒤에 갈림길. 왼쪽 또는 오른쪽을 선택하며 하염없이 돌고 돌았다. 지나온 길을 기억하려 애쓰지 않는 날도 있었다. '내가 지금까지 비탈을 올랐다가 오른쪽으로 두 번 꺾었지?' 이런 건 싹 다 잊고 아예 미아가 돼 버리고 싶은 날, 길을 확 잃어버리고 싶은 날도 있었다.

내가 실종되면 그때만큼은 다들 한마음이 되어 나를 찾을 거였다. 사방팔방 실종 전단지가 나부끼는 풍경! 한 손에 손전등을 쥐고 나를 찾는 사람들! 내 인상착의를 뭐라고 적으려나, 오른쪽 허벅지에 흐릿한 점이 있다는 걸 엄마는 알고 있을 거야. 하지만 길을 잃는 법이 없었다. 그 집이 그 집, 다 비슷하게 생겼는데도 나는 우리의 대문을 반드시 발견하게 되었다.

한번은 치릴로와 소피아가 '진짜 우리 집'에 불쑥 찾아온 적이 있다.

그날 밤, 아빠와 나는 오렌지 주고받기를 했다. 오렌지는 아주 가끔 먹을 수 있는 과일이었기에 나는 좀 들떠 있었다. 나는 아빠가 던지는 오렌지를 잘 받았고 아빠도 내가 던지는 오렌지를 잘 받았다. 하지만 오빠는 아빠가 던지는 오렌지를 잘 받지 못했고 잘 던지지도 못했다. 자신이 원하는 만큼 아들답지 못한 오빠에게 또 화가 난 아빠는 오빠를 향해 오렌지를 세게 던지기 시작했다. 데드볼, 데드볼, 헤드샷. 주황빛으로 물들어 가는 오빠. 너무 당황한 나머지 멍청해 보이는 표정. 벽지에 튀는 오렌지 과즙. 이 세상에는 '토마토 축제'라는 것이 있지만 '오렌지 축제'라는 것은 없다. 오렌지로 맞으면 악, 윽, 아빠, 잠깐만요, 이런 소리가 날 만큼 아프기 때문이다.

아빠가 원하는 만큼 아들답지 못한 오빠가 아빠에게 또 얻어터지고 있던 겨울밤. 자꾸 아빠를 화나게 하는 오빠를 내가 또 원망하고 있던 겨울밤. 초인종이 울렸고 인터폰 화면이 밝아졌다. 화면 안, 나란히 서 있는 치릴로와 소피아. 세피아톤 화면 탓인지 그들은 먼 과거에서 혹은 먼 미래에서 온 여행자 같았다. 막상 현관문을 열면 그들이 홀연히 사라질지 몰라 나는 엄마가 문을 열지 않길 바랐다. 소피아는 현관에 들어서며 황급히 오빠를 찾았다.

"얘가 살려 달라고 하는 꿈을 내 종종 꿔. 근데 오늘은 보통 느낌이 아니어서 곧장 택시 타고 왔다."

나는 두 사람 품에 달려들었다.

'너무 힘들었어요. 심지어 저는 잘못한 것도 없거든요. 저를 데려가 주세요.'

그들의 빳빳한 외투에는 겨울 특유의 시큰한 공기가 묻어 있었다. 내 등 뒤로, 소리 한번 지르지 않고도 목이 다 쉬어 버린 오빠의 음성이 들렸다.

"차라리 죽으면요, 그게 더 편할걸요."

다시 커지는 아빠의 목소리, 몸부림치는 소리, 달려 나가는 소리, 현관문 닫히는 소리. 엄마는 주저앉아 울기 시작하고.

"애가 반바지만 입고 나갔잖아."

엄마는 그게 가장 심각한 일인 양 아빠에게 소리쳤다. 치릴로는 아빠에게 다가가 파들파들 떨리는 아빠의 어깨를 단단히 붙잡고 달랬다.

"애 키우다 보면 이런 일은 아무것도 아니다."

아무것도 아니다. 크고 높고 아득한 그 말. 치릴로는 말을 이었다.

"암만 그래도 애 목은 잡는 게 아니지."

그럼, 어디는 잡아도 된다는 걸까. 내게는 치릴로의 말이 너무나 무섭게 들렸다. 치릴로는 머리를 꽝꽝 맞고 자랐음에도 그렇게 말했다. 치릴로는 머리를 꽝꽝 맞고도 결국에는 자랐기에 그렇게 말했나.

★

 아기가 죽은 9월이 오면 엄마는 넋을 놓았다. 아침밥을 차리고는 정작 본인은 한 술도 뜨지 않고 우리 남매가 젓가락 놀리며 밥 먹는 모습도 보지 않았다. 엄마는 식탁을 등지고 앉아 아파트 옥상을 멀거니 바라보았다. 단발머리 엄마의 작고 검은 뒤통수. 그 뒤통수를 보며 열 살의 나는 된장찌개 후후 불고 입가에 붙은 밥풀을 떼고 무장아찌는 잘 못 집었다. 하루는 막막한 뒤통수에 대고 회심의 질문을 던졌다.
 "엄마, 엄마는 몇 살까지 살고 싶어?"
 나는 나를 안심시키기 위해 질문했다. 엄마가 "80!"이라고 답한다면 엄마가 80살이 될 때까지는 안심하고 있으려고, 그런 계산을 마친 터였다. 마흔몇 살 엄마가 답했다.

"60?"

60은 내게 너무 작은 숫자였다. 너무 작아 내가 감당할 수 없는 숫자. 나는 엄마 없는 나의 스물아홉, 나의 서른을 상상하게 한 엄마가 대뜸 미웠다. 고작 60이라니, 엄마는 대체 얼마나 슬픈 사람인 걸까, 우리가 있는데 왜 이렇게 슬픈 걸까. 슬픈 사람을 보는 일도 참 슬픈 일. 나는 화장실로 달려가 미련하게 먹은 아침밥을 다 토했다.

아침부터 무척 쓸쓸한 날엔 신발 가방을 마구 차며 등교했다. 수업 중에도 엄마의 뒷덜미와 말린 어깨에 관한 생각을 떨쳐 내지 못했다. 엄마가 그러다 죽을 것 같았다. 13층 우리 집에서 콱 뛰어내려 아기가 있는 세계로 가 버릴 것 같았다. 베란다 난간에 기대 이불을 털 때도 9월의 엄마는 몸을 바깥으로 너무 내미는 것처럼 보였다.

'자살이 아닌 척 죽으려고 괜히 저러는 거 아냐?'

두려워하며 엄마 뒷모습을 바라만 보았다.

교실 나무 의자에 앉아 이불 터는 엄마의 모습을 곰곰 떠올리다 두 눈에 불안이 그렁그렁 맺히면 학교 공중전화 부스로 달려가 수신자 부담 전화를 걸었다.

"잠시 연결되는 동안 자신을 알려 주세요."

안내 음성이 나온 뒤에 나는 소리쳤다.

"엄마, 나 소윤이, 소윤이, 소윤이, 소윤이."

그러고는 엄마한테 사과하고 싶은 일이 갑자기 생각나 전화했다고 고백했다.

"어제 같이 군고구마 먹었잖아. 그거 다 먹고 엄마 혼자 치우게 해서 미안해."

나는 더 나은 딸이 되겠다고 약속했다. 그런 식으로라도 엄마에게 미래에 대한 기대감을 주고 싶었다. 나는 아무 약속이나 남발하면서 수화기 너머의 엄마가 지금 당장 어떤 상태인지 파악하려고 노력했다. 내 말에 어리둥절해하거나 귀찮아하는 기색이 역력하면 바로 안심이 되었다. 교실로 돌아가는 길에는 마음이 너무 놓여 괜히 휘청휘청 걸어 보았다.

우리 집 전화번호 뒷자리, 변하지 않는 네 개의 숫자, 그건 아기의 생일이었다. 엄마 아빠는 그렇게 죽은 아기의 생일을 챙겼다. 지금은 곁에 없지만 그래도 아기가 태어났었고 함께 살았었다는 사실을 기억하고자 했다. 솔직히 열 살 내게는 이런 의미심장한 것들, 이를테면 전화번호 뒷자리에 담긴 사연, 숫자가 불러일으키는 심상 같은 것들이 좀 부담스러웠다. 집으로 전화를 걸다 별안간 슬퍼져서 무척 억울한 날도 있었다.

우리 남매가 심하게 다툰 날이면 엄마는 아기에 관해 직접적으로 말했다. 아기는 정말 순했고 귀족처럼 생겼었다고. 너네는 아기가 죽은 다음에 태어난 아이들, 어찌 보면 아기가 죽은 까닭에 태어날 수 있었던 아이들인데 이렇게 말썽 피우고 서로를 소중히 대하지 않는 건 말이 되지 않는다고. 때론 몸까지 부르르 떨며 말했다. 그럴 때면 엄마는 낯선 아줌마처럼 보였다.

나는 내가 태어나기 위해 아기를 죽이기라도 한 기분이었다. 아기의 죽음에 근거해 태어나다니, 최악의 원죄를 지은 나는 정말 못된 아이다. 아기에게 미안했다. 솔직히 짜증도 났다. 우리 집에 늘 '유가족'스러운 분위기가 깔려 있는 것에 대하여. 게다가 왜 하필 예쁜 세 살에 죽어 버린 거야. 아기가 나처럼 열 살, 오빠처럼 열세 살까지 살아 있었다면 결국 우리와 비슷한 모양새, 비슷한 수준이었을 텐데. 좋은 기억만 남기고 가 버린 아기가 얄미웠다. 영원히 이길 수 없는, 내 부모의 첫사랑.

아기를 상대로 비겨 볼 수는 있겠다고 생각한 날도 있긴 하다. 어버이날 선물을 미처 준비하지 못해 편지 한 줄을 달랑 적어 전달한 날. 선물이 없는 대신 글씨라도 또박또박 쓰려고 어찌나 애를 썼던지.

'저희를 위해 하신 일과 하지 않으신 일에 대해 미안하고 감사합니다. 원소윤 올림.'

하나 마나 한 말을 적어 건넸는데 민망하게도 엄마는 그 편지를 액자에 꽂아 거실 벽면에 걸었다. 위아래 양옆에서 살피며 액자의 수평을 맞춘 뒤에 엄마는 한발 물러서서 말했다.

"집에 불이 나서 딱 하나만 챙겨야 한다면 난 이걸 챙길 거야."

불타는 우리 집, 뒤통수 뚱뚱한 모니터가 타고 통장 다발이 타고. 그 불길 속에서 모서리 그을린 액자를 들고 나오는 엄마. 참으로 헛웃음 나오는 광경.

"아니, 엄마. 이걸 챙기면 어떡해."

나는 엄마가 진짜 그러기라도 한 듯 엄마를 타박했다. 그럼에도 엄마가 무슨 얘기를 하려는 건지는 대충 알아들을 수 있었다.

우리 집안 사람들이 하는 일은 읽고 쓰는 일과 거리가 멀었다. 정육점에서 일하는 큰아빠도 읽고 쓰는 일과 거리가 멀었는데, 대신 여자들과는 거리가 아주 가까웠다. 큰아빠는 명절마다 다른 여자를 데려왔다. 어떤 여자에게는 자식이 없었고 어떤 여자에게는 있었다. 여자가 데려온 애들을 사촌으로 대해야 할지 말지가 늘 고민이었다. 설날에 친해진 아이와 추석에 또 볼 수 있으리란 보장이 없었으니까. 솔직히 설날엔 이 집에서 지내고 추석에는 또 다른 집에서 지낼 그런 애들과는 엮이고 싶지 않은 마음도 있었다.

'T팬티'라는 것도 큰아빠네 빨래 건조대에서 난생처음 보았다. 보는 것만으로 내 아래가 다 따가웠다. 여자한테 저런 팬티를 입게 하다니 큰아빠는 나쁜 남자야. 분명 큰아빠가 나쁘다고 생각하면서도 그의 여자를 대하는 일이 더 껄끄러웠다. 큰아빠의 여자들은 하나같이 명절 음식을 너무 정성껏 준비해 왔다. 잘 보이려고 애쓰는 모습, 말하자면 성원권을 얻고자 하는 모습, 그게 도리어 그 여자가 성원이 아니라는 사실을 상기시킬 따름이었다.

게다가 여자들은 큰아빠의 농담에 너무 크게 웃었다. 한껏 들뜬 추임새 때문에 뭐 어디 큰일이라도 난 것 같았다. 그들은 설렘에 차 큰아빠를 바라보았고 그의 어둡고 단단한 팔뚝을 쓸어내리는 일에 거침이 없었다. 왜 자꾸 대놓고 야하게 구는 거야? 가족으로 받아들이기엔 내 마음을 심란하게 했다.

나는 원래도 큰아빠네와 식사할 때면 긴장을 좀 했다. 큰아빠는, 전국의 공사장을 돌며 근면 성실하게 일하는 우리 아빠를 바보 취급했다. 아빠한테 빌린 수천만 원을 갚지 않고도 당당히 굴었고 자기 자식을 런던으로 유학 보냈다. 한편 우리 아빠는 염치없는 큰아빠를, 그런 큰아빠를 좋아하는 여자를, 여자가 데려온 자식을 무시했다. 한번은 쌓였던 긴장이 폭발했다.

"그러고도 '형' 대접은 받고 싶어?"

생김새도 덩치도 우락부락 비슷한 두 사람이 뒤엉켜 싸우다가 거울을 깼다. 나는 여자가 데려온 다섯 살 아이의 안색을 살폈다. 아이의 입술 사이로 피가 쪼르르 흘러내렸다. 실랑이가 벌어지는 동안 어딘가에 부닥쳐 입안을 깨문 듯했다. 아이가 다친 데에는 어느 정도 내 탓도 있지 않을까. 나는 두 사람을 뜯어말리고 있는 여자에게 달려가 벌벌 떨며 소리쳤다.

"아, 아줌마! 얘 입에서 원래 이렇게 피, 피가 나요?"

내 책임이 아님을 피력하고자 그렇게 돌려 돌려 물어보았다. 여자의 가늘고 긴 비명이 한동안 이어졌다.

학교 도서관에 있을 때는 마음이 편했다. 도서관 소파에 기대어 앉아 있으면 열린 창틈으로 축구공이 펑펑 날아다니는 소리가 들려왔다. 고작 창 하나를 두고 안팎의 분위기가 이렇게나 다르다니 신비롭기도 했다. 창틀에 팔을 올려 턱을 괴고 하늘을 보고 있으면 축구공이 떠올라 공중에 머물렀다가 하강하는 포물선을 볼 수 있었다.

정숙을 유지해야 하는 도서관의 규율이 나를 정당화해 주었다. 나는 친구들과 있을 때 딱히 할 말이 없었는데 도서관에서는 나의 침묵에 관해 해명할 필요가 없었다. 물론 누군가 내게 말을 걸지 않아도 외롭지 않았다. 어차피 도서관에서는 누구도 누구에게 말을 걸어선 안 되는 법이니. 적어도 도서관에서만큼은 말없이 홀로 있는 나의 방식이 옳았다. 나는 소파에 다리 꼬고 앉아 발목을 까딱이며 책을 읽었다.

하루는 도서관에서 일하는 사회복무요원 오빠가 내게 다가와 툴툴거렸다.

"넌 애가 30대 같아. 그래서 대하기가 어려워."

30대라니, 나는 못 들은 척하며 계속 책을 읽었다. 사실 '대하기 어렵다.'라는 말이 마음에 쏙 들어 그 말을 곱씹느라 책이 다시 읽히질 않았다. 복무요원 오빠는 남자애들한테 포르노 사이트를 알려 주는 사람이었고 그런 까닭에 나는 그 오빠를 조금 무서워하고 있었다. 그런데 내가 어렵다니? 와, 책 읽고 있는 나의 모습은 어른이 보기에도 '어른' 같아 보이는구나. 어느 정도 완전해 보이는구나. 마치 신문 읽는 엄마의 모습처럼.

엄마는 우리 남매를 재운 뒤에 종종 신문을 읽었다. 자다 깨 오줌 누러 가는 길에 신문 보는 엄마의 모습을 볼 수 있었다. 바닥에 앉아 한쪽 무릎을 세우고 있는 엄마. 눈 코 입을 모아 집중하고 있는 엄마. 나는 엄마가 혼자 있는 모습을 보기 싫어했는데 신문 읽고 있는 엄마의 모습은 싫지 않았다. 그때의 엄마는 고개를 처박고 자기 삶이 아닌 세상사를 내려다봤다. 머리칼을 귓바퀴에 딱 꽂고는, 어제 혹은 오늘 일어난

다른 사람들 일에 마음 아파하고 혀를 찼다.

그럴 여유가 있는 엄마를 보면 안심이 되었고 심지어 멋있어 보였다. 엄마는 나의 짧은 팔로는 한 번에 넘겨지지 않는 종이 한 면 한 면을 차르륵 넘길 줄 알았다. 나는 오줌 싸고 물 한 모금 마시고 엄마 곁에 앉아 신문 특유의 기름 냄새를 잠시 맡다 걱정 없이 이부자리로 돌아가곤 했다.

이다음에 운동장에서 마주친 복무요원 오빠는 왠지 나를 편히 대했다. 오빠는 남자애들과 축구하다 말고, 운동장을 가로질러 하교 중인 내게로 달려왔다. 나를 공중에서 몇 바퀴 돌린 뒤에 땅에 내려놓았는데 나는 너무 어지러워 한동안 걸음을 떼지 못했다.

오빠가 방금 내 가랑이를 아주 세게 쥐고 나를 번쩍 들어 올린 것 같은데 의도를 짐작할 수 없어 혼란스러웠다. 이건 나를 어른으로 대한 걸까, 아이로 대한 걸까. 무엇보다 내가 속수무책으로 휘어잡히는 걸 남자애들도 봤을 듯해 민망했다. 나를 이렇게 대해도 괜찮다고 오해해선 안 되는데, 용기를 가져선 안 되는데……. 눈앞에서 땅이 솟구쳤다 가라앉기를 반복했다.

초등학교 고학년 진학을 앞둔 내게 아빠는 우리 집안의 비밀을 알려 주었다. 아빠는 내게 '큰아빠'가 있다고 했다. 그냥 큰아빠가 아니라 그야말로 큰아빠다운 큰아빠인 '큰 큰아빠'가 있다는 말이었다. '동생이 생겼다'는 말이 있다는 건 알아도 '큰아빠가 생겼다'는 말은 들어 본 적이 없었기에 나는 적잖이 당황했다.

나의 큰 큰아빠는 주 블라디보스토크 총영사라고 했다. 컴퓨터 책상 앞에 앉은 아빠는 나를 부르더니 서태지와 악수하고 있는 남자의 사진을 보여 주었다. 악수하는 두 사람 뒤로 축구장 크기의 공연장이 보였다. 블라디보스토크에 소재한 디나모 스타디움이라고.

기사에 따르면 서태지는 콘서트를 찾은 관객에게 이렇게 인사를 건넸다.

"안녕하세요. 많이 와 주셔서 감사합니다. 블라디보스토크는 조금 춥지만 오히려 추워서 좋은 것 같아요!"

서태지는 방송 3사 금지곡인 「FM 비즈니스」와 「Victim」을 불렀고 앙코르곡인 「Take 5」, 「Live Wire」를 끝으로 공연을 마쳤다. 공연이 끝난 뒤에도 형형색색의 불꽃 쇼가 3분 넘게 이어졌다고. 티켓 가격은 가장 가난한 사람도 살 수 있는 215루블. 공연의 수익금은 연해주 정부에 전액 기부된다는 말도 적혀 있었다.

공연을 마친 후, 서태지는 '지신허 마을'에 방문해 기념비를 세웠다. 지신허 마을이란, 1863년 함경도 농민 13세대가 목숨 걸고 두만강을 건너가 이룩한 한인 마을이자 독립운동 근거지로, 중앙아시아로 이주당하기 전까지 1,700여 명의 한인들이 모여 살던 곳! 기념비 제막식 사진 속에도 나의 큰아빠라는 사람이 서태지와 나란히 서 있었다. 역시 기사에 따르면 기념비에는 다음 글귀가 새겨져 있다고.

'이곳은 극동 러시아 최초의 한인 마을로 과거에는 매우 큰 한인 마을이었으나 현재는 옛터만 남아 있다. 이 비를 세워 한인 이주 140주년을 기념하고 한국과 러시아의 친선 우호를 돈독히하며 우리 민족의 무궁한 발전을 기원하는 바이다. 대한민국 음악인 서태지 헌정.'

기사 속에서 큰아빠는 말했다.

"극동 러시아 지역에 살고 있는 고려인 8만여 명은 커다란 자부심을 느꼈을 것입니다."

이 사람이 나의 큰아빠라고……?

아빠가 모니터 화면에서 시선을 떼더니 내게 말했다.

"네가 책을 좋아하고 공부도 제법 한다고 말씀드렸더니 큰아빠가 너와 메일을 주고받고 싶다고 하시더라. 도움 되는 말씀 많이 해 주실 거야."

아빠는 네이버 검색창에 정말이지 낯선 이름을 검색했고 내게 이분이 바로 큰아빠라고 다시금 강조했다. 이룬 일도, 하는 일도 많은 분이 나의 큰아빠라니 기뻐해야 할 것 같았는데 기쁜 마음이 쉽게 생기질 않고 그저 석연치 않았다. 아빠는 어느 때보다도 자신만만해 보였다.

"아빠 중학생 때, 혼자 고속버스 타고 서울로 큰아빠를 찾아간 적이 있어. 그때 큰아빠가 외교부 건물을 구경시켜 주셨지. 옥상에서 광화문 전체를 내려다봤거든. 그때 기억이 아직도 생생해."

나는 여전히 궁금한 점이 많았지만 흥에 겨워 말하는 아빠에게는 도저히 물을 수가 없었다. 그저 큰아빠께 메일을 보내겠다고, 특히 외국어 공부와 관련해 많이 질문하겠다고만 말했다. 나는 이게 어떻게 된 일인지를 고민하다 밤새 뒤척였고 신문 읽고 있는 엄마에게 눈 비비며 다가가 질문했다.

"엄마, 외교관 큰아빠라는 사람을 아빠가 소개해 줬는데 그분이랑 아빠랑 성이 달라. 내일 학교 가서 애들한테 자랑하고 싶은데 뭐라고 설명해야 해?"

엄마는 내게 어디까지 말해 줄지 잠시 고민하는 듯했고 결국 전부 말해 주기로 마음먹은 듯했다.

"그건 아빠의 아빠랑 큰아빠의 아빠가 서로 달라서 그래. 높은 위치에 오르시기까지 너무 바쁘셔서 그간 왕래 없이 지냈던 거고. 그리고 어떤 가정사는 괜히 걸림돌이 될 수 있거든. 이제는 안정적으로 자리 잡은 데다 여유도 있으신가 봐. 한국 들어왔을 때 같이 식사도 하고 그러고 싶으시대."

걸림돌……. 나는 나의 아빠가 너무 불쌍했다.

그리고 나는 난생처음 글을 쓰기 시작했다.

첫 번째 메일에는 요즘 『한비야의 중국견문록』에 푹 빠져 있다고 썼다. 학교 대표로 미니 글라이더 대회에 출전하게 되어 어깨가 무겁다는 이야기도 적어 보냈다. 며칠 후, 큰아빠로부터 답장을 받았다. 큰아빠는 내게 독서 습관을 잘 유지하기를 바란다고, 대회 출전을 응원한다고 했다.

두 번째 메일에는 러시아에서도 나물 반찬이나 찌개 요리를 쉬이 드실 수 있는지가 궁금하다고, 개인적으로 러시아 인사말을 공부 중이라고 썼다. 러시아로 초대받을지 모른다는 기대감을 들키지 않기 위해 애썼다. 큰아빠는 내게 러시아어를 공부하는 것도 좋지만 영어 공부를 우선순위에 두라고 했다. 영어를 우선순위에 두라니, 나는 잠시 속상했다.

세 번째 메일에는 딱히 할 말이 없어 그 무렵 접한 흥미로운 사실에 관해 썼다.

'캔 뚜껑 고리를 몇만 개 모으면 그걸로 휠체어나 비행기를 만들 수 있다고 하네요. 알고 계셨는지요?'

솔직히 말하자면 당시 나는 온 동네를 돌며 캔 뚜껑 고리를 수거하고 있었다. 고리를 페트병에 가득 채워 고물상에 가져다주고는 몇천 원을 받아 용돈으로 썼다. 그렇지만 나의 소일거리에 관한 이야기는 굳이 하지 않는 게 좋을 것 같았다.

그건 아빠가 외교관 큰아빠에게 보여 주고 싶은 딸의 모습이, 외교관 큰아빠가 보고 싶은 조카의 모습이 아닐 것 같았기 때문이다. 무엇보다 나는 큰아빠의 관심을 놓치고 싶지 않았다. 책을 많이 읽고 공부를 잘하는 나, 다른 가족 구성원과는 아예 차원이 다른 나를 향한 관심이 필요했다.

메일을 쓸 때마다 큰아빠에게 '말할 수 있는 일들이 모인 세계'와 '말할 수 없는 일들이 모인 세계'의 경계가 새로이 생겨났다 지워졌다 했다. 말할 수 있는 일이 말할 수 없는 일을 더 흥미롭게 만들었고, 말할 수 없는 일이 말할 수 있는 일을 더 소중하게 만들었다. 하지만 메일의 맺음말은 늘 같았다.

'존경합니다. 보고 싶습니다. 원소윤 올림.'

큰아빠는 일주일 내로 반드시 답장을 보내오셨다. 답장이 몇 줄이든, 성의가 있든 없든 상관없었다. 그 시절, 그 응답보다 더 나를 감동하게 하는 것은 없었다.

★

여름방학 첫째 날, 엄마가 바나나와 가나 초콜릿을 사 들고 집에 돌아왔다.

"초콜릿을 녹여서 바나나를 거기 찍어 먹으면 그렇게 맛있대."

어디선가 바나나와 초콜릿의 궁합에 관해 들은 모양이었다. 바나나에 초콜릿을 찍어 먹는다니. 바나나 자체만으로, 초콜릿 자체만으로 이미 너무 맛있는데 둘이 같이 먹으면 대체 얼마나 맛있을까. 대체 어떻게 해야 바나나를 초콜릿에 '찍어' 먹을 수 있을까. 도저히 상상이 되질 않았다.

엄마는 냄비를 꺼냈고 초콜릿 포장을 뜯었다. 은박지는 탬버린 소리 같은 걸 내며 찢어졌다. 엄마는 냄비 위에 초콜릿을 빠개 올렸고 불을 약불로 맞췄다. 어린 나는 엄마 가슴 높이에서 알짱대며 "바나나초콜릿! 바나나초콜릿!" 계속 외쳤다. 잠시 뒤, 초콜릿은 타들어 가며 냄비에 눌어붙었다. 모양새가 왠지 점점 쓴맛으로 변하고 있는 듯했다. 당황한 엄마는 물을 조금씩 부어 보며 갸우뚱댔다.

"이게 녹아야 하는데."

초콜릿이 타는 냄새는 촛농 냄새처럼 매캐하고 텁텁했다.

엄마가 다 망쳐 버리고 있었다. 초콜릿은 타다 못해 이제는 물과 뒤엉켜 전체적으로 더 더러워 보였다. 나는 꽤 낙천적인 아이였음에도 직감할 수 있었다. 이건 완전히 망했다. 도저히 쓸 수가 없다. 다 버려 버려야 한다.

엄마는 물에 잠긴 초콜릿을 공연히 뒤적이다 숟가락을 탁 놓았고 이윽고 냄비를 들어 개수대에 집어 던졌다. 냄비는 물기 어린 개수대 속에서 치지직 소리를 내며 들썩였다. 얼씨구, 왜 자기가 난리야? 나는 속으로 엄마를 욕했다. 엄마는 바보! 멍청이! 애초에 바나나를 초콜릿에 찍어 먹는 게 가능하긴 한 거야? 어디서 엉뚱한 얘기를 듣고 와서는 멀쩡한 초콜릿을……. 타기 전에 한 입만이라도 먹었다면 좋았을 텐데.

그로부터 몇 년 후, 과학 시간에 '중탕'에 대해 알게 되었다. 실험 진도가 성큼성큼 앞서 나가는 가운데 나는 홀로 여름방학의 기억으로 되돌아갔고 괜히 착잡해졌다. 이거네, 중탕을 했어야 하네. 나는 수업 시간 내내 '바나나초콜릿'만 생각했다. 그러고 보면 엄마도 분명 수업 시간에 중탕을 배웠을 텐데 나처럼 나름대로 사정이 있어서 딴생각하다 내용을 놓쳤을 것이었다.

아무래도 초콜릿 사건 이후 엄마의 권위는 실추되었다. 타지에서 일하는 남편의 몫까지 대신해, 방학 맞은 두 아이를 홀로 통솔해야 했던 젊은 여자는 참 난감했을 테다. 맹랑하기 그지없는 딸 앞에서 방학 첫날부터 제대로 삐거덕했으니. 참고로 나는 당시 현장에 없던 오빠에게도 엄마가 저지른 실수에 대해 낱낱이 고했다. 이런 걸 공유하고 같이 비웃으라고 형제가 있는 게 아니겠나.

원래도 우리 남매는 아빠 말에는 꼼짝 못 했지만 엄마 말은 귓등으로 들을 때가 잦았다. 일단 엄마는 몸이 작고 가늘었다. 우리 질문에 척척 답해 줄 만큼 똑똑하지도 않았다. 밤이 오면 우리를 재우고 거실에 나가 신문을 읽긴 했지만 내가 나중에 신문지를 들춰 보면 이따금 코딱지가 붙어 있었다. 아니, 밑줄을 긋는 것도 아니고 스크랩을 따로 해 놓는 것도 아니고 신문에 남긴 흔적이 고작 코딱지라니. 같은 반 꼴찌 애도 교과서에 이런 짓은 안 하는데. 엄마를 전적으로 믿고 따르기가 어려웠다.

여느 때보다도 시건방진 나날을 보내다 하루는 엄마를 향한 불만이 폭발했다. 내가 피아노 학원에 다니고 싶다고 적극 호소했지만 거절을 당한 터였다. 컴퓨터 학원도 안 된다, 피아노도 안 된다. 그렇다고 엄마가 나한테 직접 가르쳐 줄 수 있는 것도 아니면서 대체 나한테 해 주는 게 뭐야. 이렇게 심한 말은 차마 할 수가 없었다. 나는 씩씩대다 집을 뛰쳐나갔다. 엘리베이터에서 내리자마자, 가장 낮은 자리에 위치한 우리 집 우편함을 찾아 발로 뻥 걷어찼다. 우편함 플라스틱이 와장창 깨졌다. 꽂혀 있던 고지서와 각종 우편물이 플라스틱 파편과 함께 바닥에 흩어졌다.

내가 이런 짓을 하다니 믿기질 않았다. 엄마가 곁에 있었다면 파편으로부터 멀리 떨어지라고 했을 거야. 나는 그대로 달려 학교 운동장으로 향했다. 애들이 있었지만 그래 봤자 남자애들뿐이었다. 나는 정글짐을 기어올라 맨 꼭대기에 앉았다. 어깨를 축 늘어뜨리고 앉아 건물 전면에 붙은 학급 표찰을 보았다.

나는 나 자신이 충분히 나이 먹었다고 생각했는데 그럼에도 내가 속한 '4-3' 위로 여전히 적지 않은 학급이 있어 막막했다. 애들이 축구공을 몰고 가는 방향에 따라 모래바람이 일었다. 저녁 시간이 되자 하나둘 운동장을 떠났다. 밥 먹으라고 부르는 사람이 없어도 집으로 돌아가야 할 시각이었다.

파편은 전부 치워져 있었고 우편물은 사라져 있었다. 집으로 올라가는 길, 나는 엘리베이터 거울 속 나를 멍청히 들여다보았다. 대체 무슨 생각으로 걷어찬 거야. 아냐, 그럴 만했어. 난 잘못 없어. 이런 자문자답이 민망하게도 집에 돌아가 보니 식탁 위에 우편물이 놓여 있었고 엄마와 오빠 모두 태연해 보였다. 내가 엄청난 짓을 저질렀는데 이토록 별말이 없다니. 다들 무슨 생각 중인지 종잡을 수 없어 그게 더 스트레스였다. 더는 못 참겠다 싶어 나는 크게 소리쳤다.

"우편함 봤어? 우편함 봤냐고! 그거 부서져 있더라?"

두 사람은 영문을 모르는 척했다.

"우편함……?"

우리 세 사람은 평소와 같이 저녁을 먹었다.

매미 소리가 아예 잦아든 여름밤, 창을 모두 열어젖히자 그나마 좀 시원했다. 그날따라 엄마는 다 같이 자자며 거실 바닥에 우리 세 사람을 위한 이부자리를 폈다. 셋은 텔레비전 앞에 나란히 앉았다. 같이 뭘 볼까 고민하며 채널을 몇 바퀴 돌렸다. 그러던 중, 엄마가 "이거 보자!" 소리치며 한 채널에 멈춰 섰다. 영화 전문 채널에서 납량 특집으로 영화 「죠스」를 방영하고 있었다.

미친 식인 상어가 눈에 보이는 인간이란 인간은 다 잡아먹으며 말 그대로 피바다를 만들고 있었다. 우리 셋은 같이 소리 지르며 서로 붙었다 떨어졌다 난리법석을 떨었다. 「죠스」가 끝나고 나니 자정이 넘은 시각. 그 시각까지 깨어 있어 본 적이 없어서 나는 슬슬 걱정되기 시작했다. 사람이 이렇게 늦게까지 깨어 있어도 되는 거야? 그래도 난 아직 어린데 어린이가 이렇게 늦게 자면 죽는 거 아니야? 하지만 쉽사리 잠들 수도 없었다. 죠스가 마음을 다 헤집어 놓은 탓에 잠기운은 저 멀리 달아나 있었다.

납량 특집답게 곧이어 영화 「아나콘다」가 방영된다고 했다. 왜인지 엄마는 잔뜩 흥이 올라서는 "이것도 보자!" 소리쳤다. 이번에는 미친 초대형 뱀이 문제였다. 아나콘다는 순식간에 인간을 휘감았고 척추를 꺾어 버렸다. 그러고는 머리부터 몸통까지 한입에 삼켰다. 아나콘다에게 삼켜지는 인간의 표정이 정말 공허하여 너무 끔찍했다. 나는 아나콘다의 위력에 압도된 와중에도 계속해서 시계를 확인했다. 새벽 1시라니, 새벽 2시라니……. 「아나콘다」까지 다 보고 나니 무려 새벽 3시였다.

우리 셋은 나란히 누웠다. 엄마와 오빠는 잔혹한 상어와 뱀에 관해 어딘지 들뜬 대화를 나눴다. 그 소리를 들으며 나는 머릿속으로 계속 계산을 했다. 이 시간에 자면 내일 대체 몇 시에 일어나게 되는 거야? 그럼 그게 몇 시간 잔 거야? 우리 셋이 지금 이러고 있다는 게 믿기지 않아 얼떨떨함이 가

중되었다. 아빠가 없는데도 우리끼리 무서운 영화를 두 편이나 보다니! 사실 엄밀히 말하자면, 엄격한 아빠가 그날 없어서 그 늦은 시각까지 텔레비전을 볼 수 있는 것이기도 했다.

★

    1976년 충북 청주, 열다섯 살 소년의 꿈은 건축기사였다. 깨끗한 집을 짓고 싶었고 그렇게 번 돈으로 먹고살고 싶었다. 근데 뭐, 고등학교에 진학할 수가 없었다. 도저히 진학할 수 없는 방향으로 상황이 착착 맞아떨어졌달까. 그 무렵, 소년의 아빠가 죽어 버렸다. 아빠는 불을 삼키고 벽돌을 쪼개는 차력사였는데 장대한 기골이 무색하게 풍 한 방에 쓰러졌다. 죽기 전, 소년의 아빠는 청소 노동을 겸업했고 장기근속해 충북도지사상도 받았다. 부상으로 타 온 은빛 탁상시계는 소년의 기억 속에 오래 남을 만큼 무척 멋있었다. 시계 속 아라비아 숫자는 연두색이었다.

    마침 소년의 엄마에게도 사정이랄 게 생겼다. 엄마는 선술

집 사장이었는데 손님들과 술잔을 주거니 받거니 하다 그만 알코올중독자가 되었다. 소년은 착한 소년이라기보단 딱한 소년, 길바닥에 버려진 쓰레기가 아닌 길바닥에 취해 쓰러진 엄마를 줍고 다녔다. 만일 내가 이웃이었다면, 그게 그 동네 특유의 문화인 양 나도 길바닥에 드러누워 종종 낮잠을 잤을 텐데, 그럼 소년이 좀 덜 부끄러웠을 텐데. 아쉽게도 나는 그로부터 19년 뒤에 태어난다.

훗날 외교관이 될 소년의 형은 상경했기에 험한 꼴을 덜 볼 수 있었다. 상황 판단이 빨랐던 소년의 누나는 그나마 집에 있던 돈을 몽땅 챙겨 가출했다. 진취적인 누나의 행동력에 영감을 받았는지 형 하나도 돈 벌 궁리를 시작했다. 다행히 집을 나가진 않았고 대신 남의 집에 쳐들어갔다. 형은 남의 집을 털다 소년원에 입소했다. 결국 초가집에 남은 건 입소한 자식의 이름을 부르짖는 엄마와 소년 그리고 쥐 오줌 자국. 소년은 공사장에 나가 돈을 벌기 시작했다. 집에 돌아와서는 엄마를 돌봤고 가사 노동을 했다.

소년은 부모를 형평성 있게 닮아 성실하고 술에 애증을 품은 남자로 성장했다. 남자가 된 후에도 계속 공사장에서 일했다. 한편 소년원 졸업 후 그 상급 학교에 진학한 형은 그곳에서 목공 일을 배워서 나왔다. 형은 입지 조건이 괜찮은 대전

서구 유천동에 떡하니 당구대 제작소를 차렸다. 그는 맡겨 놓은 노동력이 있기라도 한 양 남자에게 말했다.

"형이 이제 정신 차리고 뭐 좀 해 보려고 하니까 네가 와서 일 좀 거들어야겠다."

살아생전 당구를 쳐 본 적이 없던 남자는 별안간 당구대를 만들기 시작했다.

예상할 수 있다시피 날라리 기질이 다분한 형은 사장 행세하며 놀러 다녔고 남자만 죽어라 대패질을 하게 되었다. 남자는 군부대며 교도소며 전국 방방곡곡을 돌며 1톤가량의 당구대를 열심히 설치했다. 만일 내가 말년병장 혹은 모범수였다면 옆에서 알짱대다 시원한 물 한 잔이라도 갖다 주었을 텐데. 아쉽게도 나는 그로부터 10년 뒤에 태어난다.

그래도 형이 사람 보는 눈은 있었는지, 경리직 지원 서류를 검토하다 대단히 괜찮은 여자를 채용했다. 바로바로 이 이야기의 또 다른 주인공! 야무진 걸로 동네에서 유명했던 '영화슈퍼' 셋째 딸! 당구대 제작소 경리직에 지원했을 무렵, 여자는 자신을 졸졸 쫓아다니던 부자를 아주 내친 참이었다. 그는 더럽게 부자였다. 제작소 경리직에 단번에 합격한 여자는 종일 대패질만 묵묵히 하는 남자와 곧 연애를 시작했다. 그는 깨끗하게 가난했다. 두 사람은 서로를 신기해했다. 여자는 쌀밥에 김치만 먹는데도 이두박근이 두꺼운 남자가 신기했고,

남자는 청바지까지 다 다려 입는 똑단발 여자가 신기했다. 두 사람은 이윽고 부부가 되었다.

남자가 내내 돌봐 온 엄마를 이제 두 사람이 모시게 되었다. 결혼식 전날, 남자는 엄마에게 신신당부했다. 나 정말 잘 살아 보고 싶으니 술 좀 그만하고 꼭 좀 도와 달라고. 경주로 신혼여행 다녀온 두 사람을 반긴 건 "새아가, 환영한다. 앞으로 행복하자!"라고 적힌 플래카드가 물론 아니었다. 거실에 뭔가 카펫처럼 펼쳐져 있긴 했다. 웃통을 풀어 헤친 익숙한 주정뱅이. 남자는 엄마를 일으켜 앉힌 뒤, 엄마의 어깨를 붙잡고 울었다.

"엄마, 엄마가 이러면 이 사람 떠나요. 그러면 전 죽을 수밖에 없어요."

옆으로 앞으로 고꾸라지고 있던 그의 엄마는 말을 알아들을 수 있는 상태가 아니었다. 아니, 똑똑히 알아들었다고 뭐가 달라지긴 했을까. 솔직히 그 자리에서 즉각 달라졌대도 나는 남자의 엄마가 얄미웠을 것이다. "으이구, 진작에 달라졌으면 좀 좋아요!" 말했을 테다.

하지만 만일 내가 남자의 엄마처럼 1930년생 한국 여자로 태어났다면, 차력사 남편을 여의기 전 일찍이 사별한 남편이 또 있다면, 그나마 여자의 몸으로 돈 벌 수 있는 선술집을 차려 별일 다 겪었다면, 진사 어른인 아버지가 내가 딸이라는 이유로 내 형편을 외면했다면, 어머니가 애들 먹이라며 짓무른 낙과 정도만 이따금 갖다주었다면, 글쎄…… 내가 하고 싶은 일도 알코올중독 정도였을 것이다.

소동을 치르고 반년 뒤, 남자의 엄마는 잠을 자다 죽어 버렸다. 이상하게도 혹은 자연스럽게도 장례식장에는 도통 우는 사람이 없었다. 와중에 여자는 혼자 조용히 울었다. 시어머니는 너무 무서웠고 너무 미웠고 너무 불쌍했다.

살아생전 시어머니는 머릿고기 따위의 안주를 집 안 곳곳에 숨긴 뒤에 까맣게 잊어버리곤 했다. 여자는 상한 안주며 거기 꼬인 구더기를 봉지에 쓸어 담았던 지난 여름날을 떠올렸다. 처음엔 구더기가 우글대는 봉지를 어찌해야 할지 몰라 집 담장 너머로 그냥 던져 버렸었는데, 다음 날 동네 어르신들로부터 구더기를 그렇게 버려선 안 된다고 혼쭐이 났었는데. 구더기를 잘 잡고 잘 처리하는 사람이 기껏 되었더니 시어머니가 죽어 버렸다.

가출했던 남자의 누나도 장례식에는 참석했다. 빨강 매니큐어를 바르고 와서는 눈물 없이 목으로 울어 댔다. 여자는 훌쩍대는 와중에도 그 모습을 보고 웃음이 터질 뻔했다. 어찌 되었든 같이 울어 주는 사람이 있어 그건 고마웠다. 남자는 아예 울지를 않았다.

가을바람이 살랑 불어오던 때, 건너 건너 아는 사람이 서울로 올라와 일을 돕지 않겠냐고 남자에게 제안했다. 호텔에 서비스용품(Amenity)을 납품하는 일이라나. '깨끗한 집'과 관련된 일이라는 점에서 어릴 적 꿈에 한층 가까운 직업이었다. 남자는 대패질을 멈추었고 손을 탁탁 털었다. 스물아홉, 스물일곱 나이의 젊은 부부는 19개월 된 첫애를 데리고 서울로 향했다.

곡식이 여물고 과일도 오동통 살이 오르는 가을, 이들은 서울에 가는 것만으로 자신들이 왠지 더 성숙해지는 것 같았다. 가을 한복판에 별안간 새해를 맞이하는 것 같았다. 하지만 이 이야기가 어떻게 전개될지 알고 있는 나는 지금 이 대목에서 입술이 파르르 떨린다. 이 사람들아, 그렇게 기대에 부풀어 가지를 말라. 나는 두 사람의 바짓가랑이와 아기의 통통한 발목을 붙잡아 보려 하지만 내 손은 허공을 휘저을 뿐이다.

서울에 도착한 이들은 송파구 방이동에 반지하 방을 구했다. 살아생전 호텔에 묵어 본 적이 없던 남자는 새벽마다 서울 곳곳의 호텔을 돌며 앙증맞은 로션과 치약, 빗을 옮겼다. 일하는 사람들은 호텔 뒷문만 이용하도록 제한되었기에 여유작작한 기분을 내긴 어려웠지만 그럼에도 오며 가며 '파친코'와 '고급 커피'의 존재를 알게 되어 즐거웠다.

남자가 출근하면 여자는 곧장 이불을 걷었다. 여자는 창문을 열어젖힌 뒤, 아기를 업고 무작정 밖으로 나갔다. 반지하 습기가 몸에 좋을 리 없었다. 여자와 아기는 종일 동네를 돌아다니며 같이 웃고 놀았다. 그러다 자주 마주친 또래 임부와 친해졌다. 신실한 개신교 신자인 임부는 아기를 무척 예뻐했고 이 젊은 가정을 위해 기도를 많이 해 줬다.

장마가 끝나고 더위가 한풀 꺾인 늦여름, 임부에게 아기를 맡기고 여자는 잠시 목욕탕에 다녀왔다. 목욕을 마치고 골목으로 접어드는데 놀이터 근처에 동네 사람들이 모여 있었다. 사람들은 여자를 알아보았고 웅성대며 길을 터 주었다.

'엥? 왜 나한테 길을 터 주지?'

탁 트인 길을 걸어가며 여자는 차차 그 까닭을 알아갔다.

한눈팔고 운전한 가스 배달 기사는 자식 잃은 부모에게 용서를 구했고, 약간 한눈팔고 아기를 돌본 임부는 부모에게 아무런 말도 하지 않고 찾아오지도 않았다. 아니, 차마 하지 못했던 걸까. 속을 알 수가 없다. 임부는 몇 개월 후 출산 중에 의료사고로 숨진다. 여자는 임부의 사망 소식을 듣고 그의 마지막 나날을 상상하다 불현듯 기도를 바쳤다.

'우리 애를 예뻐해 줘서 정말 고마웠습니다.'

여자는 남은 생애에 임부를 위해 많은 기도를 바치게 되리라 예감했고 실제로 그렇게 되었다.

부모보다 먼저 떠난 자식은 누구나 오가며 밟을 수 있도록 봉분 없이 묻는 풍습이 있었다. 천하의 불효자식이니 단죄해야 한다는 발상에 근거하여. 초등학생 시절, 나는 죽은 아기 이야기와 함께 이 풍습에 대해서도 알게 되었다. '나는 너무 일찍 죽지 않아 다행이다!' 안도하는 동시에 풍습의 비정함에 질려 오들오들 떨었다. '불효자식'이니 '단죄'를 운운하는 이 옹졸한 세상! 나는 아기가 홀가분하게 떠났길 바란다. 이깟 세상에 한을 품는 것도 참 자존심 상하는 일이지 않나. 원귀가 되어 구천을 떠도는 것조차 구차하게 여기어 부디 홀가분하게 떠났길 바란다.

친척 어른들은 아기의 묫자리를 부모가 알아선 안 된다며 두 사람이 장지에 가지 못하도록 막아섰다. 없었던 일로 치고 빨리 잊으라고, 매일 찾아가서 울고불고하지 말라고. 천하의 바보들, 봉분 좀 안 쌓는다고 그게 없었던 일이 되겠나. 하여튼 그때나 지금이나 잊고 말고에 대해 오지랖 떠는 인간들만큼 한심한 부류도 또 없다.

보기보다 상식적인 날라리 형이 장지에서 돌아와 애를 어디쯤 묻었는지 알려 주었다. 두 사람은 나중에 그곳을 찾아갔지만 여기도 평평, 저기도 평평. 어떤 표식도 남아 있지 않아 대체 알 수가 없었다. 두 사람은 다리를 굴러도 보고 땅을 긁어도 보았다. 모든 평지가 곧 무덤인 셈이었다.

사고 이후, 두 사람이 어떻게 지냈을지는 안 봐도 뻔하다. 내가 이들을 약간 알기 때문이다. 역시나 여자는 밥도 안 먹고 잠도 안 자고 울지도 않았다. 남자는 그런 여자를 보며 '아, 사람이 미친다는 게 이런 거구나.' 생각했다. 남자는 매일매일 여자 앞에서 고봉밥 한 그릇을 깨끗이 비웠다. 이젠 까짓것 김치조차 필요 없었다. 그는 '밥은 이렇게 먹는 거야.' 알려 주듯, '당신도 먹을 수 있을 거야.' 용기를 주듯 오로지 밥만 입안 가득 밀어 넣었다. 여자는 그런 남자를 보며 '아, 사람이 미친다는 게 이런 거구나.' 생각했다.

두 사람은 대전으로 돌아갔다. 올라가는 길에 곁에 있던 애가 내려오는 길에는 없었다. 내려가는 길에 두 사람은 "우리 다시는 서울에 가지 말자!" 굳게 다짐했는데 그 비장함이 민망하게도 몇 주 뒤 서울에 올라가야 했다. 보증금 잔금, 그런 문제 때문에.

다시 서울로 향하게 된 두 사람은 동서울종합터미널에 도착해 택시를 탔다. 여러모로 비몽사몽 눈만 껌뻑이며 이동하던 중에 이들은 기막히게도 교통사고를 당했다! 택시가 심하게 찌그러졌고 도로 위 차들이 멈춰 섰다. 웅성대며 다가오는 사람들의 목소리가 들렸다.

"죽었을 것 같은데."

"아이고, 이 정도면 죽었지."

만일 내가 그 길을 지나는 중식집 배달원이었다면 당장 달려가 찌그러진 차 문을 열어 주었을 텐데 나는 그로부터 6년 뒤에 태어난다. 공교롭게도 두 사람은 죽지는 않았다. 직접 문을 열고 택시에서 휘청휘청 걸어 나왔다. 사람들을 놀라게 하려던 건 아니었는데 도로가 순식간에 조용해졌고 두 사람은 고요한 아수라장으로부터 비척대며 빠져나왔다.

 산발에 얼떨떨한 표정을 지은 두 사람이 나란히 걷는 이 장면을 나는 머릿속에서 매번 다르게 연출하곤 한다. 하루는 이들 앞에 레드 카펫을 깔아 준다. 구경하던 이들은 사인을 요청하는 팬이나 포토그래퍼로 분장시킨다. 또 하루는 사이먼 앤 가펑클의 「엘 콘도르 파사(El Condor Pasa)」를 삽입곡으로 재생하고 약간 비장해 보이게끔 흙먼지도 피워 올린다. 이 가사가 나오는 대목에서 화면은 페이드아웃된다.

 "Yes, I would(그러려고요). If I only could(그럴 수 있다면요). I surely would(정말 그럴 거예요)."

 새로 정착한 대전의 한 동네. 그곳에는 이들에게 무슨 일이 있었는지를 아는 사람이 없었다. 이들을 동정하는 이도, 응원하는 이도 없는 순수한 동네, 별일 생기지 않길 바라게 되는 초조한 동네. 여자는 종일 집을 지켰다. 낮에는 베란다 화분에 핀 봉숭아꽃을 들여다보았고 밤에는 떠난 아이가 돌아오는 꿈을 기다렸다. 비슷한 꿈조차 꿔지질 않아 꿈을 이루지 못한 채로 차츰 고요해졌다.

호텔 일을 그만둔 남자는 굴삭기 운전 기술을 배웠다. 굴삭기로 둑을 만들고 밭을 일궜다. 바삐 사는 게 좋아 어떤 일이든 마다하지 않다 보니 무덤 만드는 사토장이 일까지 하게 됐다. 시신을 매장하는 날이면 남자는 굴삭기를 몰고 누구보다도 먼저 산에 올랐다. 나무를 쳐내며 올라 인부들이 지날 길을 만들었다.

가장 먼저 묫자리에 도착해 기다리고 있노라면 남자의 아빠뻘쯤 되는 베테랑 인부들이 하나둘 나타났다. 남자는 인부들과 함께 땅을 팠고 땅을 다독였다. 인부들은 일하며 망자에 대해 이야기하곤 했다. 망자의 나이가 몇인지, 가족 관계는 어떻게 되는지 그리고 어쩌다 죽었는지에 대해. 남자는 할 말이 없어 그 모든 이야기를 듣고만 있었다.

일을 더 더 많이 할 수 있다는 말에 혹해 남자는 타워크레인 운전 기술도 배웠다. 까짓것 110미터 정도는 성큼성큼 오를 수 있었다. 결국 돌고 돌아 남자는 깨끗한 집을 짓는 일을 하게 된 셈이었다. 타워크레인 일을 시작하고 1년 뒤 3.2킬로그램의 아들이 태어났다. 그리고 다시 3년 뒤 2.0킬로그램의 내가 태어났다. 내가 태어난 날의 최고기온은 섭씨 32.9도. 어휴, 나를 낳기까지 고생이 참 많았을 것이다.

오픈마이크

이태원 라이브 클럽, 2023년 7월 15일, 8PM, 관객 열아홉 명

다음 분 모셔 보겠습니다. 이분은 무려 서울대, 서울대 출신이십니다. 게다가 오늘 공연자 중, 유일한 여성이고요. 자, 그럼 큰 박수로 모시겠습니다. 서울대 출신 여성 코미디언, 원소윤!

그렇습니다. 제가 바로 그 서울대 출신 여성 코미디언 원소윤입니다. 아무래도 머리가 좀 좋겠죠? 방금 들으셨다시피 제 출신이 아무래도…… 여성이잖아요. 자, 앞줄 남성분, 너무 째려보지 마시고요.

여러분의 기대와 달리 허무맹랑한 얘기만 하다가 내려갈 거예요. 그래서 성경 얘기를 좀 해 볼 텐데요. 조카가 사과를 안 먹어요. 그래서 성경을 읽었어요. 뱀이 대체 무슨 말을 했길래 이브가 사과를 먹었을까 참고한 거죠. 성경 얘기한다고 했잖아요. 보니까 뱀이 이렇게 말했더라고요.

"이 사과를 먹으면 눈이 밝아지고 이 사과를 먹으면 지혜로워지고."

허경영도 성경을 읽었나 봐요. 이 대목에서 영감을 받은 게 분명합니다.

뱀의 꼬임에 넘어간 아담과 이브는 사과를 먹은 뒤에 부끄러움을 알게 되고, 선악을 알게 됩니다. 그야말로 눈이 밝아지고 지혜로워진 셈이죠. 잘된 일이라고 봐요, 진심으로요. 부끄러움을 알고 선악을 분별하는 것. 제 인생 과업이거든요.

한편 선악과를 따 먹은 죄를 지은 뒤, 아담과 이브는 벌을 받습니다. 벌로써 아담은 노동하게 되고 이브는 임신과 출산을 하게 되는데, 저는 개인적으로 어떤 벌도 받지 않고 있어요. 일도 안 하거니와 임신, 출산도 안 하고 있거든요. 그래도 일은 가끔 하는데 임신, 출산은 아예 안 해요. 저는 너무 MZ거든요. 내 배를 차는 못된 상사의 비위를, 어떻게 40주 내내 맞추냐고요. 이분 뜻에 따라 먹고 자고. 심지어는 이분이 제 걸 뺏어 먹는다니까요? 하, 벌써 그만두고 싶어요. 15주 차쯤 하차할지 몰라요.

저는 엄마가 될 자격이 없어요. 아니, 저기 모자 쓴 분 방금 고개 끄덕이신 거 아니죠? 기분이 좀 묘할 뻔했어요. 하여튼 저는 엄마 될 자격이 없어요. 능력이 없을뿐더러 인내심도, 지혜도 없거든요. 한편으론 이런 태도가, 이 겸양의 태도가 엄마 될 사람에게 필요한 유일한 덕목 같기도 해요. 그래서 내심 생각하죠. 나 좀 엄마 될 자격 있는 거 아냐? 좀 더 구체적으로 상상을 해 볼게요. 만일 제가 엄마가 된다면 어떨까요. 저를 엄마로 둔 아기는 기분이 어떨까요. 딱 태어났는데 엄마가 저인 거예요. 아, 일단 좀 배고플 것 같아요. 보시다시피 제 가슴이 좀……

안젤리나 졸리를 엄마로 둔 애는 기분이 어떨까요. 째지겠죠, 뭐. 유방절제술이야 했지만 뭔 상관이에요. 안젤리나 졸리인데. 안젤리나 졸리와 브래드 피트가 부부였을 당시, 아이 둘을 입양했죠. 에티오피아에서 딸을, 베트남에서 아들을 데려왔어요. 요즘은 그 자식들도, 아니 제 말은 그 자녀들도 사실상 스타여서 레드 카펫에도 서고 그래요. 그 장면을 보고 걔네를 입양 보낸 친부모가 솔직히 한 번쯤은 뿌듯함을 느끼지 않았을까요? 이야, 저거 저거 내가 놓아줘서 저기 있는 거 아냐. 심지어 자랑까지 했을 수 있어요.

"아, 내 아들 요즘 뭐 하냐고? 졸리 아들이야."

말이 안 되는데, 잘 들어 보면 맞는 말이라고요. 저는 매일 이런 생각만 하면서 살아요.

여러분, 저출생 문제가 정말 심각합니다. 어때요, 방금 좀 똑똑해 보였어요? 사실 저출생 문제에 관해 아는 바도, 관심도 없어요. 그래도 계속 얘기해 보자면, 저출생이 야기할 가장 큰 문제는 앞으로 우리가 어떤 수치를 접하든 전부 시시하게 느껴질 거라는 점이에요. 30년 뒤엔 이런 멘트가 송출되겠죠.

"한국 영화계의 거목, 10만 영화배우 송강호 씨 모시겠습니다!"

"스탠드업 코미디씬의 전설, 50석 전석 매진 신화 원소윤 씨 모시겠습니다!"

이런 뉴스가 보도될 수도 있어요.

"정부 정책에 반발하는 시민들의 목소리가 터져 나오고 있습니다. 이곳 광화문 광장을 무려 1,000명의 시민이 가득 메우고 계신데요."

경찰 측 추산 인원은 막 10명이고……. 의식 있는 농담도 쓱 한번 넣어 봤어요. 역시 민망하네요. 그래도 저출생의 긍정적인 면도 있을 거예요. 한 사람 한 사람이 정말이지 귀해지지 않겠어요? 한 표 한 표의 영향력이 커질 수 있어요. 단 8표 차이로 선거의 승패가 나뉠 수 있다고요. 작은 것에도 의미가 부여되고 감사할 줄 아는 풍토가 형성될지 몰라요. 그날이 오면 제 가슴도 재평가받겠죠.

아까 이러쿵저러쿵한 바람에 오해하실 수도 있는데, 사실 기독교를 좋아합니다. 아무도 안 믿는 눈치인데 들어나 보세요. 기독교의 출현과 존재 자체가 저한텐 감동이라고요. 기독교의 뿌리가 '페미니즘'이거든요. 보세요, 한 시골 마을 아가씨의 진술을 모두가 잠자코 '들어 줌'으로써 기독교의 역사가 시작된 거잖아요. 심지어 그 아가씨가 무어라 진술했는지 아세요?

"일단 저 처녀인데요."

여기서부터 너무 수상하죠.

"저 진짜 진짜 처녀인데요, 애를 뱄어요."

좀만 더 들어 볼까요.

"이 애는 신의 애예요."

이런 진술을 들어 주었기에, 2000년이 흐른 지금까지도 믿어 주고 있기에 기독교 전통이 이어지고 있는 거잖아요.

지금 여기, 같은 주장을 하는 여자가 있다고 상상해 보세요. 그 여자의 말을 들어 주실 수 있어요? 거봐요, 어렵잖아요. 여러분 같은 사람들 때문에 '제2의 마리아', '제2의 예수'가 선뜻 나타나지 못하고 있는 겁니다! 근데 이 또한 다행일지 모르죠. 전편보다 뛰어난 속편은 드물잖아요. 지금까지 원소윤이었습니다.

사과 여덟 개

★

 엄마는 2003년부터 12년간 매주 교도소에 가서 천주교인 재소자들을 대상으로 상담 봉사를 했다. 말이 상담이지, 대화 좀 나누고 준비해 간 음식을 나눠 먹는 게 전부였다. 엄마는 주로 단팥빵, 인절미, 바나나를 가져갔다. 한번은 큰맘 먹고 천혜향을 가져갔는데 한 재소자가 껍질 까는 데 애를 먹으며 이건 뭔데 이렇게 껍질이 얇냐고 물었다. '천혜향'이라고 답하자 그는 한라봉은 아는데 '천혜향'이라는 건 처음 본다며 멋쩍어했다. 그는 천혜향을 한 입 한 입 먹을 때마다 미간을 움찔대며 놀랐다.
 "여기서는 신 음식을 먹을 일이 없어서요."
 신부 아들을 둔 자매님이 그에게 말했다.

"신 거 잘 먹어야 건강하대. 조금씩 먹어 봐."

대전교도소이니만큼 성심당 빵도 종종 사 갔다. 재소자들에게 과일로는 무슨 과일을 먹고 싶냐고 물으면 곧잘 "바나나!" 하는 답이 돌아왔다. 이가 시원찮아 바나나가 먹기 편하다는 말이었다. 참고로 상담에 참여하는 재소자의 연령대는 30대에서 50대까지로 다양했다. 한번은 상담 시간에 분위기가 어수선해서 대체 무슨 일이 있었느냐 물었는데, 들어 보니 전날 있었던 성경 퀴즈대회의 사은품이 바뀐 게 화근이었단다. 글쎄, 사은품이 봉지라면에서 컵라면으로 바뀌었다고.

"컵라면은 한 사람씩 먹는 거잖아요. 난롯불에 다섯 개, 열 개 이렇게 같이 끓여 먹는 맛은 어떡하라고요."

그렇다, 그들은 먹을 줄 아는 사람들이었다.

나는 엄마가 그 사람들 구원해 주러 간 줄 알았다. 왜 그런 거 있지 않나. 막 사랑 베풀고 감히 용서해 주고. 내 나이 서른이 되어서야, 거기 가서 대체 무얼 했느냐고 엄마한테 물었는데 엄마가 고백했다. 상담을 받은 사람은 사실상 재소자들이 아닌 엄마 자신이었다고.

"남편이 아들을 아끼질 않아요."

엄마는 간밤에 일어난 부자간 소란에 대해 재소자들에게 종종 고백했다. 엄마의 고민을 전해 들은 재소자들은 이렇게 답했다고.

"저희가 다 함께 모여 아드님을 위해 기도하겠습니다."

왜인지 그들은 오빠 편이었다. 재소자들이 미더웠는지 엄마는 한술 더 떠 이런 고민도 토로했다.

"해치고 싶은 사람이 너무 많은데 이 마음을 어찌해야 할지 모르겠습니다. 저는 칼만 안 들었을 뿐입니다."

그것참 대범한 고백이 아닐 수 없었다. 재소자들은 엄마에게 누, 누구를 해치고 싶으냐고 떨리는 목소리로 물었다는데.

"그야 제 남편, 제 아들, 사촌 오빠 그리고 조카……"

그날 상담 끝에 재소자들은 이렇게 말했다고 한다.

"저희가 다 함께 모여 자매님을 위해 기도하겠습니다."

우리 가족은 강력범들의 기도를 참 많이 받았다.

순진한 치릴로는 살아생전 당신 딸이 교도소로 봉사를 다닌다는 사실을 성당 교인들에게 자랑하곤 했다.

"막내딸 있잖아요, 애가 그렇게 신실하더니 우리 집에서 제일 몸도 작은 애가 글쎄, 그 험한 데 들어가서 '봉사'를 해요."

딸이 그 험한 데 들어가 무슨 말을 하는지는 모른 채로.

중학생 때 학교 끝나고 집에 갔더니 내 방에 웬 아기 사진이 붙어 있었다. 아기는 방금 막 손뼉을 친 모습으로 멈춰 있었다. 두 손바닥이 약간 떨어져 있었고 두 눈은 웃느라 싱긋

휘어져 있었다. 아기 뒤로 싱크대 앞에 서 있는 한 여자의 옆모습이 보였다. 여자는 빨간 고무장갑을 끼고 있었다.

나는 일찍이 세상을 떠난 내 형제의 사진을 본 적이 없었기에 사진 속 아기가 그 아기인 줄 알고 가까이 다가가 꼼꼼히 살폈다. 얼추 나랑 닮은 것 같기도. 나는 거실로 나가 엄마에게 용기를 내어 물었다.

"엄마, 내 방에 아기 사진 있잖아. 걔가 혹시 그……?"

알고 보니 재소자의 자식이었다. 이웃을 살해한 사형수가 사진을 주면서 자기 자식을 위해 기도 좀 해 달라고 엄마한테 부탁했다고. "아, 이런 사진을 왜 내 방에 붙여 놔!" 하고 짜증을 내진 못했다. 그러기엔 애가 너무 활짝 웃고 있었다. 나는 두 눈 꼭 감고 아기를 위해 기도했다. 그 뒤로는 단 한 번도 하지 않았다. 기도가 선뜻 되지 않았다.

아기 사진을 시작으로 방 한쪽 벽이 도배되기 시작했다. 마약사범 딸 사진, 가정폭력범 엄마 사진……. 나는 하필 세례명이 '마리아'니까, 이름값을 해야 하니까 사진 속 사람들을 위해 기도를 했다. 그래 봤자 딱 한 번씩만 했다. 당시 내 친구들 방에는 아이돌 브로마이드가 붙어 있었다. 승리 사진, 정준영 사진……. 그땐 그게 진짜 부러웠다. 우리 집은 너무 이상한 것 같고. 근데 결과적으로 내 방의 인테리어가 더 나았던 셈이다.

재소자들이 엄마한테 굉장히 고마워했다. 재소자들을 괴롭게 하는 건 다름 아닌 세상과의 단절감인데 세상 사람들도 정신적으로는 자신들과 크게 다르지 않다는 걸 엄마가 알려 준 셈이니. 재소자들이 교도관을 통해 편지랑 선물을 우리 집으로 보내곤 했다. 엄마한테 감사는 한데 줄 건 없고 안에서 시간은 많으니까 편지를 대여섯 장씩 써서 보냈다.

한 필적학자의 인터뷰를 본 적이 있다. 그는 필체만 봐도 어떤 사람인지를 알 수 있다며 강력범죄자의 글씨에는 공통점이 있다고 말했다. 좁은 행간, 강한 필압, 불규칙한 글씨. 단언컨대 내가 본 가장 아름다운 필체 Top 3는 모두 재소자들의 것이다. 우리 집에 있는 재소자들의 편지 세 통을 필적학자에게 건넨다면 그는 수십 년간 쌓은 전문 지식을 총동원하여 분석한 끝에 "음, 이분은 정치인, 이분은 연예인, 이분은 운동선수네요!" 할 것이다. 물론 발신인은 그냥 평범한 강도, 가정폭력범, 살인범이다.

재소자들이 보낸 편지의 내용은 대체로 잔잔했다. 사실 처음 몇 번은 손을 덜덜 떨며 편지를 집어 들었다. 무슨 내용이 적혀 있을까! 굴곡진 삶에 대한 핍진한 묘사? 폭력과 회개의 역사? 절절하고 진정성 있는 자기반성? 그럼에도 불구하고 민들레꽃처럼 피어나는 삶을 향한 애착?

단언컨대 내가 본 가장 따분한 편지 Top 3 또한 모두 재소자들의 것이다. 말하자면 학점 높은 학부생이 옛 은사께 보내는 스승의날 편지 같달까. 전액 장학금 대상자로 선정되었으며 성적우수상에 소장상까지 받는다는 둥, 다가오는 한자 1급 시험을 준비하느라 밥 먹는 시간 빼고 공부 중이라는 둥, 난데없이 빅토르 위고의 문장을 인용하질 않나. 다들 너무나 모범적이었다. 띄어쓰기와 맞춤법은 어찌나 정확한지, 격식과 예의를 어찌나 갖추는지 필적학자는 심지어 내용 전체를 다 읽고도 이들이 '범죄자'라는 사실을 알아차리지 못할 것이다.

그렇다고 모든 편지가 따분했던 건 아니다. 편지를 훔쳐 읽다 마음에 쏙 드는 구절을 발견하면 따로 옮겨 적기도 했다. 그중 한 대목을 여기에 최초로 공개한다.

'오늘 세례식이 있었고 새로운 대자 세 명이 생겼습니다. 기쁜 일인 한편 책임감도 들고 마음도 무겁습니다. 고해성사 보면서 대자가 세 명이나 생기는데 그들을 잘 이끌 수 있도록, 모범적인 대부가 될 수 있게 노력하겠다고 했습니다. 또 그렇게 살아가야 하고요. 사람과의 이별이 두려워서 밖의 사람이든, 이 안의 사람이든 정을 안 주려 하는데 그게 잘 안 되네요. 슬프고 아쉽고 또 기쁘고 행복한, 정신없는 하루였습니다.'

고백하자면 행간이 좁고 필압이 강한 필적도 있었다. 불안한 기운과 강박을 드러내는 필적도 있었다. 다만 필적학자라는 전문가 양반의 자신만만함이 싫어 일부러 툴툴대 보았다. 잠시나마 그를 바보로 만들고 싶었다.

마음을 심란하게 하는 선물도 있었다. 엄마의 세례명인 '로무알다'를 수천 번 빼곡히 적어, 그 글자로 그린 성모 마리아 초상화는 좀 소름 돋았다. 솔직히 스토커 같았다. 진짜 그런 거 아니야? 성경을 필사한 노트 몇 권을 보낸 사람도 있었는데 알고 보니 보이스피싱범이었다. 그래도 피싱을 하고 필사를 하는 게 필사를 하고 피싱을 하는 것보다…… 과연 희망적일까, 아님 그냥 둘 다 절망적인 걸까.

한 재소자는 종이학 천 마리를 접어 보냈다. 잡지를 한 장 한 장 뜯어 작고 작은 정사각형으로 오려, 그 정사각형을 접고 또 접어 만든 아주 작은 학. 사실 처음엔 목이며 날개가 너무 짧아 거북이인 줄 알았다. 진짜 거북이였을 가능성도 아예 없는 건 아닐 테다.

학이 든 상자도 잡지를 접어 만든 것이었다. 라이프스타일&컬처 분야 잡지였던 모양인지 상자 한쪽 면에 이런 글이 프린트되어 있었다.

시럽 28g 또는 정제 설탕

1작은술

라이트 럼 42g

라임 반 개

얼음

 상자를 도르르 굴리자 다른 면에서 레시피의 정체가 드러났다.

블랙베리 모히또를 마셔 보자.
몸에도 좋다니 이거 술 마실 기분 나는걸!

 엄마는 재소자들과 소통할 때 오빠와 나의 신상 정보를 감췄다. 내 이름이 소윤이니까, 지연이라고 한다든지. 근데 이상하게 아빠에 대해 얘기할 때는 다소 투명하게 정보를 밝혔다. 아빠의 이름, 아빠의 생년월일, 아빠의 혈액형과 헤어스타일. 아빠가 어디 공사장에서 일하며 주말 몇 시쯤 어떤 도로를 타고 집에 돌아오는지. 마치 역학조사관이 감염자의 시간대별 동선을 공개하듯 아빠에 관한 정보를 낱낱이 드러냈다. 사실상 청부를 한 셈이었다. 대체 아빠는 엄마한테 뭘 그렇게 잘못한 걸까. 내 눈에 둘은 그럭저럭 다정해 보이는데, 둘만의 사정이랄 게 따로 있나 보다.

 사실 나도 교도소에 가 본 적이 있다. 중학생 때, 엄마한테

가 보고 싶다고 졸라서 교도소에서 열린 크리스마스 행사에 참석했다. 교도소에 본격적으로 들어가기에 앞서, 용변 볼 사람은 면회소 화장실을 미리 이용하라 안내받았다. 저기 저 교도소 안의 화장실은 이용 절차가 복잡해 불편할 거라는 말이었다. 면회소 화장실에 딱 들어섰는데 각종 향수 냄새가 아찔하게 진동했다.

'대체 화장실이 왜 이렇게까지 향기롭지?'

숙변 냄새를 코앞에서 맡은 것보다도 당혹스럽고 심경이 뒤숭숭했다.

"엄마, 화장실이 이상해."

나는 화장실에서 나오자마자 엄마에게 속삭였다. 엄마는 "아아." 무슨 말인지 단번에 알아들었다.

"면회 온 여자들이 면회 직전에 신나게 꽃단장하는 곳이잖아. 그 여자들 말이야, 머리부터 발끝까지 명품인 데다 하나같이 쭉쭉빵빵 미녀들이야."

나는 무질서하게 얽혀 있던 향기들을 곱씹으며 엄마한테 물었다.

"엄마, 나쁜 남자들은 미녀를 좋아해?"

엄마가 답했다.

"미녀도 나쁜 남자를 좋아해!"

그걸 엄마가 어찌 아냐고 되묻진 않았다.

교도소 강당으로 향하는 길, 다행히도 경비가 삼엄했다. 교도관이 철문의 철문의 철문을 열고 다시 철문을 열었다. 조금 어지러울 만큼 절차가 까다로웠고 각각의 문 앞에서 대기하는 시간도 상당히 길었다. 들어가기 힘든 만큼 나오는 것도 힘들겠지. 이 철문의 철문을 거쳐 입소하는 사람과 퇴소하는 사람의 마음 각각을 생각하니 더 어지러웠다. 철문 앞에서 오들오들 떨며 두려워했다. 그보다 더 많이 기대했다. 내가 범죄자들을 만난다니.

마침내 강당에 들어섰다. 수백 명의 재소자들이 그곳에 있었다. 한겨울, 재소자들은 홑겹의 수의를 입고 있었다. 그들을 보면서도 보지 못하고 있는 내게 누군가, 수의에 달린 명찰 색깔의 의미에 관해 설명해 주었다. 파란색은 마약, 노란색은 조직 폭력, 빨간색은…….

행사가 시작되었고 교도소 밴드부가 무대에 등장해 찬송가를 연주했다. 내 생애 첫 밴드부 오빠들. 부자연스럽게 고개를 까딱이며 찬송가를 듣는 나를 건너편의 한 재소자가 죽일 듯이 노려봤다. 그들을 향한 나의 판단과 호기심이 읽히고 있나. 그것도 아니라면 내가 그로 하여금 누군가를 떠올리게 했나. 피해자? 피해자의 딸? 아님 자신의 딸? 그것마저 아니라면 그냥 그런 눈빛을 타고난 사람인가.

이윽고 미사가 집전되었다. 평화 예식 때, 재소자들과 악수하며 "평화를 빕니다, 평화를 빕니다." 인사를 나눴다. 다들 아귀힘이 셌고 기대보다 따뜻했고 그럼에도 너무너무 무서웠다. 무서워해서 미안했다. 나는 왜 교도소에 와 보고 싶었을까. 대체 무얼 발견하고 무얼 느끼러. 그 뒤로는 한동안 두부를 먹을 때마다 내게 평화를 빌어 준 사람들의 얼굴이 떠올랐다. 그들은 출소했을까. 출소하여 두부를 먹었을까. 그 얼굴들을 떠올리다 잊어버리다 다시 간혹 떠올렸다.

그로부터 시간이 흘러 대학생이 되어 진로 고민을 하다 교도소 인근에 두부 요리 전문점을 차려 운영하는 방향을 잠시 고려했다. 출소하고 흰 두부만 먹으라는 법이 어디 있나! 두부조림, 두부강정, 두부전골 등 두부 요리가 얼마나 다양한데. 이 기막힌 사업 아이템을 경영학과 친구에게 공유했는데 그가 혀를 끌끌 차며 한마디 했다.

"자영업의 핵심은 단골손님 확보다!"

단골손님이야 확보될 수도 있겠지만 그 과정이 살벌할 듯했다. 게다가 출소자들이 굳이 흰 두부를 먹는 이유를 친구가 마저 설명해 줘 창업 의지를 확실히 단념했다. 겉도 속도 하얀 두부를 먹고 깨끗하게 살라는 뜻으로 흰 두부를 먹는 거라나. 그런 뜻을 담기에 견과류로 데코레이션한 두부강정은 너무 화려하지 싶었다.

아니, 근데 겉도 속도 하얀 음식으로는 무도 있고 백설기도 있는데 왜 하필 두부일까. 슬쩍 검색해 보니 과거 교도소 식단이 부실해 재소자들은 제대로 된 영양을 공급받기 어려웠다고 한다. 이때, 두부는 양질의 단백질을 공급하는 서민 식품이었기에 출소한 이에게 일단 두부부터 먹이는 관습이 생겼다고.

그렇다, 두부는 그런 음식이라고 한다. 물론 우리는 그런 식으로 튼튼해질 수 없다. 깨끗해질 수도 없다. 매일매일 두부를 먹는 내가 뭘 알고 하는 말이다.

★

 나는 수능이 끝난 뒤의 학교생활이 더 싫었다. 본래 내 옆자리는 내게 질문하는 아이들로 붐비곤 했는데 수능이 끝나자 그 누구도 나를 찾지 않았기 때문이다. 시험 범위가 어디서부터 어디까지인지, 선생님이 어떤 파트에서 시험 문제를 반드시 출제한다고 했는지에 관해 묻는 친구들이 더는 없었다. 나는야 겨울의 파도 풀이자 여름의 스키장, 비수기가 시작된 셈이었다.

 수능이 끝나고 방학이 시작하기까지 남은 기간은 무려 두 달. 학교는 꾸역꾸역 애들을 모아다가 자습을 시키거나 강당에서 초청 강연을 듣게 했다. 종종 현장 체험 학습도 갔는데 개인적으로 현장 체험 학습이 가장 싫었다. 반장으로서 약간 긴장한 채로 인원을 파악하고 이탈을 시도하는 학생들을 감시하는 등 자잘할 일을 보조해야 하는 어떤 책임감, 이런 것 때문은 아니었다. 학급 반장이 뭐 대단히 큰일을 맡는다고? 사실 나한테는 사복 센스랄 게 없는 게 가장 큰일이었다. 사복 센스를 갖추지 못하게 된 설득력 있는 사연도 없었다. 구태여 찾으려면 찾을 수도 있겠지만 지금 이렇게 잠깐 생각하는 것만으로 골치가 아파서 하고 싶지 않다.

근현대사나 삼각함수는 알아도, 무얼 입고 무얼 찍어 발라야 하는지는 몰랐다. 옷장 하나에 사계절 옷이 다 들어갈 만큼 옷이 적었고, 잿빛 혹은 검정 옷뿐이었다. 메이크업의 경우, 집에서 혼자 몇 번 연습해 봤는데 하고 나면 얼굴에 사계절이 다 들어 있었다. 헤어는 겨울 쿨톤, 입술은 봄 웜톤, 관자놀이 쪽은 간절기 같기도 하고……. 나는 탈코르셋 운동의 선구자라든가, 그런 것도 못 되었다. 코르셋을 착용한 적이 있어야 벗을 수도 있는 것이기에. 반면 다른 친구들은 얼추 태가 났다. 스타일링과 메이크업의 기본기를 갖춘 것처럼 보였다.

하루는 강당에서 '새내기 메이크업' 강연을 들었다. 여학생은 전부 강당에 모였고 남학생은 교실에서 자습을 했다. 여학생들이 모인 강당 안은 기대감과 해방감으로 들썩였다. 약간의 박동이 느껴질 만큼. 조금 어리둥절해 보이는 애들도 있었다. 우리 학교는 기독교 재단에서 운영하는 보수적인 미션스

쿨로, 3년간 학생들의 용모를 단속해 왔는데 이제 와서 대놓고 메이크업 강연을 들려준다는 게, 우리의 치장이 더는 위반이 아니라는 게 얼떨떨했을 테다. 나도 약간 얼떨떨하기야 했지만 얼떨떨함을 기대감이 상회했다. 나는 애들을 똑바로 줄 세우고 맨 앞자리에 앉아 허리를 곧게 세웠다. 살아 숨 쉬는 앎을 체험할 시간이었다.

소개에 뒤이어 메이크업 아티스트 강사님이 무대에 올랐다. 강사님은 착해 보였다. 솔직히 패셔니스타 알렉사 청 같은 사람이 세련미를 뽐내면서 걸어 나올 줄 알았는데, 그냥 동네 교회에서 인기깨나 있는 교리교사 분위기였다. 하늘색 셔츠에 청바지, 어려울 게 없어 보였다. 그래도 힘을 싹 빼고 온 진짜 고수일 수 있었기에 기대의 끈을 놓지 않았다.

강사님은 나긋한 목소리로, 앞에 나와 대표로 메이크업을 받을 학생을 찾는다고 말했다. 하지만 지원자가 없었다. 애들 대부분이 이미 얼추 화장을 마친 상태였기 때문이다. 게다가 공개적으로 샘플이 된다는 건 상당히 뻘쭘할 것이 분명했다. 식은땀이 나기 시작했다. 나는 샘플이 되고 싶지 않았다. 수능이 끝난 이래 외로운 나날을 보내고야 있었지만 이런 식으로 주목을 받고 싶진 않았다. 나는 못생긴 범생이였다. 피부가 밝아지고 눈이 커지는 시시각각을 노출하는 건 좀 굴욕적일 듯했다. 아니, 그보다 피부가 도무지 밝아지지 않고 눈이 커지지 않는 시시각각을 노출하게 될 수 있었다. 내가 진짜 두려워하는 건 그거였다.

지원자가 도무지 나오지 않자, 강사님은 학급 반장끼리 가위바위보를 해서 반장 한 명을 무대 위로 올려 달라고 했다. 내 생애 가장 긴장되는 '가위, 바위, 보'가 이어졌다. 너무 긴장되어 게슈탈트 붕괴가 올 지경이었다. 가위가 왜 보를 이기지? 이 손 모양이 왜 가위지? 가위는 왜 '가위'지? 가위바위보를 거듭한 끝에 옆 반 반장 은혜와 나만이 남았다. 은혜는 나와 같이 범생이였고, 나와 달리 참 고왔다. "은혜는 좀만 꾸미면 진짜 엄청 이쁘겠다." 이런 얘기를 우리끼리도 심심찮게 할 만큼 미녀 범생이였다. 나는 은혜가 좀 눈치껏 자원해 주길 바랐다.

'네가 올라가야 이 강연이 소기의 목적을 달성하게 될 거란 말이야. 애들을 위해서라도 용기를 내 줘, 은혜야. 지난 3년에 대한 보상이 정말이지 황홀하다는 걸 너의 비포 앤 애프터로 보여 달라구.'

다들 예상했겠지만 나는 가위바위보에서 지고 말았고 강단 위에 올랐다. 강사님은 좀 곤란해 보였다. 나는 의자에 털썩 앉아 수백 명의 여자아이들을 바라보았다. 얘들아, 미안해. 나는 애들한테 미안했다. 대학에 가면 예뻐지고 애인도 생길 거라는 희망을 내가 무참히 꺾을 것에 대하여.

강사님이 마이크에 대고 뭐라 뭐라 친절히 설명하며 나를 화장시키기 시작했다. 내 얼굴을 두드리고 피부 위에 뭔가를 그렸는데 그 느낌이 낯설고 간지럽고 조금 아프기도 했다. 강단 아래에서부터 키득거리는 웃음소리가 들려왔다. 강사님이 허리 숙여 다가올 때마다 나는 움찔거렸다. 각종 화장품의 뽀얀 냄새, 예쁜 냄새가 뒤섞여 속을 울렁이게 했다.

이윽고 눈 화장 차례가 이어졌다. 강사님이 '뷰러'라는 도구를 들더니 내 속눈썹 끄덩이를 잡아당겼다. 신종 고문 기술 아닐까, 엉덩이가 들썩였다. 작은 붓과 큰 붓이 번갈아 눈 가까이에 다가올 때마다 눈꺼풀에 경련이 일어났다. 강사님은 마이크를 내린 채 안쓰러워하는 목소리로 내게 속삭였다.

"눈을 계속 깜빡이면 뭘 할 수가 없는데······."

나는 내 눈두덩이를 두드려 패서 기절시키고 싶었다. 전문가를 믿으라고, 그만 떨라고, 제발, 제발. 그때부터 눈물이 나기 시작했다. 내가 지금 여기서 울면 전부 다 번져 버릴 텐데, 완전히 망할 텐데. 솔직히 이미 다 망해 버린 듯해서 눈물이 볼을 타고 흐르는 대로 그냥 두었다. 귀까지 먹먹해진 것인지 어떤 웃음소리도 더는 들리지 않았다. 강사님은 수습하듯이 메이크업을 마무리했다. 강사님이 '짜잔!' 메이크업을 마치고 애들이 '우와!' 감탄했어야 하는데 그런 요소들 없이 어영부영 강연이 마무리되었다.

나는 화장 마친 내 얼굴을 대면하고 감상할 용기가 없었다. 곧장 화장실로 뛰어가 거울 한번 쳐다보지도 않고 곧장 세수했다. 12월의 학교 화장실은 너무나 추웠고 수돗물은 너무나 차가웠다. 손과 얼굴은 점점 얼얼해졌고 둔감해졌다. 이걸 다 지우면 다 잊을 수 있을까. 얼굴을 계속 문질렀다. 세면대에 얼굴을 박고 한참 세수하다 고개 들어 거울을 보았다. 화장이 제대로 지워지지 않고 번져 나는 더 못생겨져 있었다. 실로 헛웃음이 나왔다.

그로부터 얼마 지나지 않아, 기다리던 합격 소식을 들었다. 나는 2월 졸업식에서 졸업생 대표로 축사를 발표하게 되었다. '졸업생 대표 축사'라니, 다시 한번 내게 기회가 주어진 셈이었다. 내가 원하는 방식으로 주인공이 될 수 있는 기회. 겨울방학 내내 축사 집필에 몰두하며 퇴고에 퇴고를 거듭했다. 축사의 제목은 '앓은 다음 우리'로, 하이라이트 문장은 다음과 같았다.

"'아름다움'의 어원이 '앓은 다음'임을 아시는지요?"

★

 우리 학교의 하루는 '아침 경건회 활동'으로 시작됐다. 방송반 애들이 찬송가를 틀면 모두 학급 TV 앞에 모여 노래하고 기도를 올렸다. 경건회 활동이 끝난 뒤엔 당번이 휴대폰을 걷었다. 그 밖에도 두발, 복장 규정이 엄격했으며 이성 학급의 복도를 지나는 것만으로 벌점이 부과되었다.
 매주 수요일 마지막 교시에는 전 학년이 강당에 모여 예배를 드렸다. 언뜻 체육 교사로 보일 만큼 수트핏이 좋았던 교목(校牧)은 꽤 성실했다. 그는 앞사람 등에 머리 처박고 꾸벅꾸벅 조는 학생들의 흥미를 끌어내려 애썼다. 유행하는 케이팝 가사를 신학적으로 재해석해 들려주었고 때론 영화 「빅 피쉬」, 「밀리언달러 베이비」 등을 인용하며 하나님의 큰 뜻,

바람직한 기독교인의 태도를 이해시키려 했다. 목사가 그런 식으로 명작을 하나둘 망친다고 툴툴대는 애도 있었지만 자신이 좋아하는 영화를 다뤄 달라고 의뢰하는 애도 있었다.

예배 직전 쉬는 시간의 풍경은 가히 볼 만했다. 다들 머리를 말고 섬유 탈취제를 뿌리며 단장하기에 열을 올렸다. 저마다 점찍은 상대가 있었고 상대는 동급생, 선배는 물론 선생까지 다양했다. 다름 아닌 예배 시간에 사랑의 작대기가 도처에 난무하는 것이 내겐 영 어색했지만 그 시간에는 분명 나 같은 샌님마저 간질이는 요소가 있었다. 성스러운 예배 동안에는 모든 것이 용인되는지 율동부 남녀 학생들이 단상에 올라 손을 맞잡고 빙글빙글 도는 율동을 선보였기 때문이다.

끼 좀 있는 친구들은 모두 율동부 소속이었고 같은 반 윤지도 그중 하나였다. 첫 예배 때부터 윤지는 내 눈에 띄었다. 처음에는 '어라, 잠만 자는 애가 저기서는 살아 있네.' 하고 바라본 것이었는데 나중에는 가사와 곡 분위기를 정직하게 반영하는 윤지의 표정, 윤지의 손끝에 집중하게 되었다.

"누군가 널 위하여(천장을 향해 양팔을 뻗은 후 좌우로 부드럽게 흔든다) 누군가 기도하네(가슴께로 양팔을 끌어모은 후 어깨를 들썩인다). 내가 홀로 외로워서(살포시 주저앉는다) 마음이 무너질 때(왼쪽 가슴을 두드린다) 누군가 널 위해 기도하네(양팔을 바깥으로 뻗는다)."

누가 나를 위해 기도할까. 나는 윤지가 나를 위해 기도하고 있다고 생각했다. 그렇게 착각할 만큼 와닿는 율동이었다. 하지만 윤지와 나는 어울리는 무리가 아예 달라 별다른 교류는 없었다.

 2학년 때도 윤지와 같은 반이 되었다. 나야 변함없이 모범생이었고 윤지는 율동부 센터가 되었다. 센터가 된 뒤로 윤지는 여기저기서 초콜릿이나 음료수를 건네받았다. 정작 윤지는 남자 과외 선생님과 사귀고 헤어지기를 반복했다. 쉬는 시간, 자리에 앉아 자투리 시간 활용법에 따라 공부하고 있으면 윤지네 무리 애들이 모여 나누는 대화가 내 귀에까지 언뜻 들려왔다. 윤지는 드라이브와 꽃다발, 각종 기념일에 관해 이야기했다. 그런 이야기를 할 때 윤지의 태도가 약간 시큰둥해서인지 나는 윤지가 걱정되지 않았다. 아무려나 나와는 무관한 삶이었다.

 윤지가 내게 다가오지 않았다면 우리는 영영 무관했을지 모른다. 쉬는 시간, 나는 자리에 앉아 지구과학 학습 자료를 정리하고 있었다.

 "원소윤, 넌 그게 이해되냐."

 나는 행성으로서의 지구를 탐구하는 단원을 공부하려던 참이었기에 윤지가 말하는 게 '지구에 마그마 바다가 있었던

게 사실이냐.'와 같은 종류의 질문인 줄 알았다. 내가 생각하기에도 불그죽죽한 마그마로 출렁이는 바다는 말이 되질 않았다.

"나는 이해가 안 되거든. 아니, 하나님이······."

하나님? 윤지는 내게 뜻밖의 질문을 건넸다.

"자기 아들 죽는 걸 보고만 있었다는 게 말이 되냐고."

당황한 나는 한동안 윤지를 바라보았다. 그럴싸한 답은 도무지 떠오르지 않았다. 다만 지금껏 봐 왔던 윤지의 율동이 떠오르면서 어쩜 윤지는 하나님을 아니꼬워하면서도 그렇게 율동할 수 있었는지, 윤지는 참 프로구나, 하는 생각만 들 뿐이었다. 윤지는 옆으로 돌아앉으며 말을 이었다.

"여기저기 물어봤는데 그게 진짜 사랑이라느니 이상한 소리만 해대."

윤지는 내 기도를 좋아한다는 말을 덧붙이며 답을 재촉했다.

"다른 애들은 너무 거창한데 네 기도는 와닿더라. 그러니까 뭐 좀 아냐고."

당시 담임은 상위권 성적을 유지하는 학생들에게 아침 기도를 시켰고 나도 기도 당번 중 한 명이었다. 하나님의 섭리에 대한 나의 이해는 마그마 바다에 대한 것보다 못했음에도 기도는 어렵지 않았다. 너무 솔직하지도 가식적이지도 않게 감사한 마음을 전하고 원하는 바를 말하면 되었기 때문이다. 그런 기도는 애매한 나의 신심과도 잘 어울렸다.

"고마워. 나도 네 율동 멋지다고 생각해."

칭찬에 대한 가벼운 답례처럼 보이도록 진심을 좀 덜어 내고 말했다. 윤지는 책상 위에 놓인 내 필통을 공연히 뒤적이며 작게 웃었다. 나에게는 윤지를 전도하고 싶은 마음이 전혀 없었지만 윤지는 내가 설득해 주길 기대하는지 자리에서 일어나질 않았다. 나는 좀 더 노력해 보기로 했다.

"거래 아니었을까. 어쨌든 십자가 고난 끝나고 다 잘 풀렸잖아. 역사에도 남고. 그러니까 좀만 참으면 부활시켜 주겠다, 뭐 그런 식으로."

"거래 맞네. 근데 부활시켜 주는 결말이어서 죄책감이 싹 사라져. 예수님이 부활한 뒤로 안 미안하더라고. 하나님도 그만 미안하려고 그랬나 봐."

윤지는 슬리퍼를 까딱거리며 말했다. 나는 그 슬리퍼를 보며 그때까지 남몰래 품어 온 의문들을 떠올렸다.

'이 세상 모든 죄를 사하기 위해 죽는 거, 나라도 해.'

'사과 따 먹고 부끄러움과 선악을 알게 된 것, 잘된 일 아닌가. 그걸 알기가 얼마나 어려운데.'

중요한 얘기는 아니었다. 윤지나 나나 공부하기 싫어 별 뜬구름 잡는 생각을 다 하는구나, 넘겨 버렸다.

그날 이후로도 윤지는 내게 자주 질문했다. 다행히 관계대명사나 함수에 관한 질문이었고 그런 것쯤은 척척 답해 줄 수 있었다. 어이없게도 우리는 3학년 때도 같은 반에 배정받았고 윤지는 내 주위를 더 자주 맴돌았다. 공부 중인 내 곁으로 와서 쪼그려 앉을 때면 무릎에서 딱 소리가 났다. 질문하며 나를 올려다보는 눈 주위로는 붉은 자국이 있었다. 수능이 끝날 때까지를 못 참고 감행한 쌍꺼풀 수술의 실밥 자국이었다.

축제나 체육 대회같이 결정적인 날에 어울리는 무리는 각자 달랐지만 그 밖의 시간에는 적지 않게 함께 있었고 선생님과 친구들은 그런 우리를 묶어 '소윤지'라 불렀다. 소윤지, 담임이 교무실 오래. 소윤지, 복도 청소해. 소윤지, 유인물 좀 나눠 줘. 소윤지, 소윤지. 그렇게 불리다 보니 실제로 함께한 시간보다 더 많은 시간을 함께했다고 착각하게 되었다.

한여름, 나의 생일날 윤지는 내게 짧은 편지를 건넸다. 네가 나의 친구여서 자랑스럽다는 내용의 편지였다. 나 또한 마찬가지였다. 나는 윤지가 율동부여서 좋았고 숨통을 트게 해 줘서 좋았다. 윤지는 내가 모범생이어서 좋아했고 숨통을 알맞게 조여 줘 좋아했다. 서로가 서로에게 자랑이자 의지할 곳이었다.

뭐 엄밀히 말하자면 윤지가 내게 더 많이 의지하긴 했다.

윤지는 쉬는 시간마다 내 자리로 와서 별별 고민을 다 토로했다.

"기말 커닝하다 들킨 거 국어가 빵점 처리 한다잖아, 오바야."

"전 남친 새끼가 페북에 저격글 올렸어. 씨발년이라고. 지는? 좆같은 새끼."

그런 얘기를 들으면 나는 화났고 속상했고 가끔은 무덤덤했다. 그날 마쳐야 하는 학습 진도에 관한 생각으로 얘기에 도저히 집중하지 못할 때도 있었다.

왜 윤지한테는 이런 일이 계속 일어나는 걸까, 안타까운 한편 윤지의 이야기는 흥미진진하기도 했다. 게다가 윤지에게는 어떤 가정사가 있는 듯했다. 내게 가족 얘기를 한 번 꺼낸 적 없었지만, 아니 어쩌면 한 번 꺼낸 적 없는 걸로 보아 가정사가 있는 듯했다. 윤지에게 속사정이 있어 보여 좋을 때가 있었다.

나의 헛똑똑이 친구들은 구김살이 없었다. 가족 행사를 꼬박꼬박 챙겼고 저마다의 거실 벽면에는 따뜻한 빛을 품은 가족사진이 걸려 있었다. 더 파고들면 가시 돋친 무언가 있을 수 있지만 겉보기엔 온건할 뿐이었다. 그들의 온건함은 지루했고 때로 내게 열패감을 주었다.

한번은 한겨울 하굣길, 윤지와 나란히 빙판길을 걷다 마음까지 조마조마해졌는데 그게 조급증을 부추겼는지 나는 윤지에게 대뜸 말했다. 우리 집은 종종 소란스러운데 그게 형편 때문일 때도 있고 꼭 그런 건 아닐 때도 있다고 횡설수설 고백했다. 내 말을 듣고도 윤지는 놀라지 않았다. 나는 윤지가 놀라지 않아 조금 놀랐다. 나는 윤지도 내게 무언가를 말해주기를 기다렸다. 윤지도 무언가를 고백해야 할 것 같은 분위기에 부담을 느낀 듯했다. 뒤늦게 화제를 전환하려 했지만 잘되지 않았고 도로 위를 지나는 자동차 소리만이 들려왔다.

"내가 엄마 얘기한 적 있나."

들은 기억이 없어 '없다'고 답하자 윤지는 숨을 길게 뱉었다.

"근데 뭔가 아직 진행 중이어서 어느 정도 정리되면 알려줄게."

나는 지금까지도 '뭔가'를 알지 못한다.

여름방학 보충 학습 기간이었다. 윤지와 나는 자기소개서를 쓰기 위해 점심을 서둘러 먹고 컴퓨터실로 향했다. 에어컨이 세게 가동되고 있는 컴퓨터실에 들어서자, 점심을 먹은 데다 정오의 더위까지 먹어 몽롱했던 정신이 번뜩 살아났다. 컴퓨터를 켜자마자 윤지는 PC에 카카오톡을 설치했고 키보드를 좀 두드리는가 싶더니 너무 추워 머리가 아프다며 교실에서 카디건을 가져오겠다고 했다.

윤지는 점심시간이 끝날 무렵까지 돌아오지 않았고 나는 윤지의 자리를 정리해야 했다. 윤지의 컴퓨터 화면에는 자기소개서가 띄워져 있었고 성장 과정을 묻는 첫 문항에 장난스러운 욕지거리만이 적혀 있었다. 한글 파일 뒤로는 카카오톡 창이 열려 있었다. 나는 창을 닫지 않았다. 친구 목록에 몇 명이나 있을까, 즐겨찾기에 누가 등록되어 있을까. 유치한 호기심이 일었고 더 나아가 윤지에게 대체 무엇이 없는지, 있어야 하는 무엇이 없기에 윤지가 그러는 건지 확인하고 싶었다.

친구 목록에는 수백 명이 있었고 즐겨찾기 목록은 따로 마련되어 있지 않았다. 내가 없을 바에야 누구도 없는 게 낫다고 생각했다. 대화 목록 창으로 건너가 보니 확인하지 않은 메시지가 쌓인 단체대화방이 여러 개 있었다. 내가 정말 궁금했던 건, 윤지의 가족, 그들은 과연 어떤 이름표를 단 채 어디쯤 위치해 있느냐는 것이었다. 대화 목록을 타고 차츰차츰 내려가 봐도 가족 비슷한 이들은 보이지 않았고 나는 갈증이 나기 시작했다. 그래, 바닥까지 무작정 내려가 모조리 다 확인해 보자 마음먹었을 때, 종이 울리고 말았다.

자리를 정리하고 컴퓨터실을 막 나오는데 윤지가 헐레벌떡 계단을 타고 내려왔다. 윤지는 잃어버린 카디건을 간신히 찾았다며 숨을 몰아쉬었다.

"또 도둑맞았나 했더니 씨발 박한나가 입고 있잖아."

윤지는 자리를 정리해야 한다며 컴퓨터실로 들어가려 했고 나는 윤지의 팔꿈치를 잡아끌었다.

"네가 정리했어?"

윤지가 지친 목소리로 내게 물었다.

"어어, 다 정리했어."

원래 나라면 하지 않았을 짓을 한 탓에 나도 몹시 지쳐 있었다.

그 무렵, 윤지는 자해한 사실을 내게 고백했다.

"어제는 내가 너무 싫은 거야. 난 왜 이렇게 게으르고 멍청할까. 그래서……"

그러고는 아물지 않은 상처를 내게 쓱 보여 줬다. 두 눈이 다 시렸다. 얘한테 내가 무슨 말을 할 수 있을까, 하필 그때 내 입에서 나온 말이라곤.

"넌 일베보다 더 나빠."

윤지는 약간 뿌듯해 보였다. 웃기까지 해 더욱 괘씸했다.

상처는 아무는 동시에 줄줄이 부어올랐다. 나는 그런 손목을 지닌 윤지와 매점 빵을 사 먹었고 아이돌 무대 영상을 보았다. 그 뒤로 새로운 상처를 몇 번 더 발견했다. 발견이 거듭될수록 나는 윤지의 상처에 대해 도리어 침착해졌다. 또 아물겠지, 지금까지 아물어 온 것처럼. 그런 체념과 믿음 속에서 윤지와 친구로 지냈다.

고교 졸업 후, 나는 서울로 상경했다. 서울에는 유독 빨간 십자가가 많았다. 빨간 십자가는 이 세계 속 신의 부재를 도리어 선명히 드러내는 듯했다. 신이 우리 곁에 있고 우리가 그의 존재함을 느낄 수 있다면 구태여 발광하는 네온사인은 필요하지 않을 테니.

입학 후, 시간과 돈이 아까워 학과 생활을 하지 않았다. 학과 단체대화방은 매일 들썩였다. 하고 싶은 말도, 듣고 싶은 말도 많은 사람들. 하지만 그곳엔 나와 같은 모습을 한 사람들도 있었다. 눈 코 입이 없는 사람들. 누구도 해치지 않는 귀여운 유령의 모습으로, 아무것도 보고 싶지 않고 보여 줄 것도 없다는 태도로 무장한 사람들. 그런 이들도 거기 있었다.

윤지는 수도권 전문대에 합격해 자취 생활을 시작했다. 내게 얼굴 한번 보자고, 밥 한번 먹자고 성화였지만 바쁜 나의 사정으로 우리는 봄 학기가 종강한 후에야 만날 수 있었다. 가로수길에서 만난 윤지는 괜찮아 보였다. 어깨를 한 뼘 정도 지나는 머리는 적당한 컬이 있어 단정했고 뿌리까지 색이 일관된 것으로 보아 꾸준히 손질하는 듯했다. 블라우스는 보드라웠고 치마는 빳빳했다. 어깨에 걸친 플랩백은 걸음마다 허리춤에서 통통 튀었다.

한편 윤지를 보자마자 내가 떠올린 생각은 그리 적절치 못했다. 타임머신을 타고 시간을 거슬러 올라가 어린 나를 납치해 이곳으로 데려온다면, 그 아이를 나와 윤지 앞에 세워 두고 "넌 둘 중 누가 되고 싶니?" 묻는다면, 아이는 예의상 주저하는 태도를 보이겠지만 결국 정확하게 윤지를 가리키겠지 싶었던 것이다. 아름답지 않은 나. 내게는 어떤 의지도 가망도 없었다.

"하여간 강윤지, 서울 처음 오냐. 무슨 가로수길은 가로수 길이야."

윤지는 꿀밤이라도 때릴 것처럼 주먹을 잠깐 쥐어 보이더니 여기, 여기는 꼭 가야 한다며 캡처 화면을 빠르게 보여 줬다. 첫 목적지는 마카롱이 맛있기로 유명한 디저트 카페였다. 가로수길에는 사람이 많았고 다들 멋졌다. 그래서인지 거리가 더욱 빽빽하게 느껴졌다. 인도의 폭마저 좁아 우리는 나란히 걸을 수 없었고 대화는 계속해서 끊겼다. 한여름의 한낮, 운동화 밑창은 도로에 눌어붙을 것처럼 데워졌고 고급 승용차들이 요란하게 오가며 공기를 한층 더 더럽혔다.

마침내 천장이 높은 카페에 도착했을 때 나는 이미 지쳐 있었다. 가격이 터무니없이 비싸진 않을까 염려되기도 했다. 윤지는 카드를 꼭 쥐고 있는 나를 보더니 계산은 자신이 할 것이라며 으름장을 놓았고 나는 기분이 좋아졌다. 대화는 차차 편해졌고 우리는 각자가 전담해 온 역할을 되찾아 갔다. 윤지가 철없는 이야기를 하면 내가 타박했고 내가 아둔한 이야기를 하면 윤지가 한 수 가르쳤다.

장소를 이동할 때마다 윤지는 꼭 택시를 잡았다. 택시 안이 시원해 졸음이 쏟아졌다. 윤지는 차가 막혀도 초조해하지 않았고 미터기를 보지도 않았다. 윤지는 알아서 택시비를 냈다. 마지막 일정은 '한강에서 맥주 마시기'였다. 나는 윤지에게 지나쳐도 너무 지나치다고 했고 윤지는 너야말로 잘난 척 그만하라 했다. 철도 위에서 바라보기로는 한낱 물 천지에 지나지 않았던 한강은 햇빛에 따라 바람에 따라 다채롭게 아름다웠다. 계단에 나란히 앉아 맥주를 마시자 문득 즐거워 나는 히죽히죽 웃었다.

근황을 듣자 하니 윤지는 대학 입학 후, 여러 사람과 다양한 형태의 만남을 가졌다고 했다. 자신에게 그런 만남은 어렵지 않고 단순히 따졌을 때 얻는 것도 많다고. 하지만 사랑하는 사람과는 섹스가 되질 않아 섹스하는 사람을 따로 두고 있는데 애인은 그걸 모른다고 했다. 나는 아다였다. 그래서 혹은 그것과 무관하게 내게는 윤지의 말이 참 아득하게 느껴졌다.

그러고 보니 윤지의 그늘은 많이 걷힌 듯했다. 언뜻 본 손목에 새로운 상처도 없었다. 헤어질 무렵 윤지는 조만간 연락할 테니 또 보자고, 아무리 바빠도 만나자고 누차 강조했다. 나는 윤지를 배웅하며 알겠다고 거듭 안심시켰고 손을 흔들었다. 윤지를 보내고 집으로 돌아가는 길에 편의점에 들러 맥주와 감자칩을 샀다. 나의 뒤뚱거림을 느끼며 흔들흔들 걸었다.

자취방에 도착해 윤지가 보낸 사진과 영상을 보며 좋다, 좋다, 맥주를 연신 들이켰다. 다 마신 후에는 흥이 오른 김에 청소나 하자 싶어 빨랫감을 정리했다. 공용 세탁기를 가동시킨 후, 방으로 돌아와 바닥을 청소했다. 걸레질하는데 중심을 잡기 힘들어 자꾸만 앞으로 고꾸라졌다. 단침이 올라왔고 거듭 침을 삼키다 결국 바닥에 모든 걸 게워 냈다.

그렇게까지 술을 마셔 본 적이 없었기에 그런 식으로 하는 토는 처음이었다. 아파서 하는 토가 아니라는 게 부끄러웠다. 토는 끊이지 않았고 무릎은 완전히 꺾여 일어날 수 없었다. 낭비다, 낭비. 이런 사치가 또 없어. 내가 지금 이러고 있을 때냐고. 토하고 있는 음식들이 아까웠다. 토가 멎자 눈물이 났다. 나는 윤지를 좋아하고 윤지와 함께하면 즐겁지만 이건 아니라고 생각했다. 윤지는 딱 보기에 더는 힘들어 보이지 않았고 그렇다면 이쯤에서 다 그만하고 싶었다.

그로부터 얼마 지나지 않아 윤지에게 연락이 왔지만 받지 않았다. 그러자 윤지는 밤낮을 가리지 않고 연락했다. 의미심장한 메시지를 남겨 놓는 날도 있었다. 그렇게 반년이 지났을 무렵, 하루는 어처구니없는 실수로 전화를 받게 되었고 윤지는 나를 향해 악을 썼다. 다음 날 윤지가 집 앞까지 찾아와 우리는 함께 천을 걸었고 그 후로 더는 연락하지 않았다. 나는 윤지가 어떻게 살고 있는지, 살아 있는지 알지 못한다.

윤지를 마지막으로 만난 날의 이야기. 자정 무렵, 고시원 앞에 있는 천에서 윤지와 만났다. 비가 오기 시작했지만 그건 그해 첫 봄비였기에 비닐우산 두 개를 사 잠시 걷기로 했다. 아직 날이 추운데 윤지가 맨발에 슬리퍼를 신고 온 게 보기 싫었다. 걷기 시작했을 무렵부터 하늘이 가끔 번쩍였고 윤지는 겁 많은 나를 놀리려는 속셈으로 말했다.

"우산은 피뢰침이나 다름없다던데."

우리는 계획과 달리 한참을 걸었다. 계속해서 걷다 비를 피해 다리 밑 평상에 앉았다. 인근 평상에는 램프 몇 개가 켜져 있었고 주위에 낚시 장비가 놓여 있었다. 낚시 일행이 있는 곳에서부터 힙합 노래가 언뜻언뜻 들려왔다. 윤지는 이거 다 똥물인데 물고기가 어디 있겠냐고 했다. 윤지의 목소리가 너무 커서 신경이 쓰였다. 이게 왜 다 똥물이냐고 짜증스럽게 묻자, 윤지는 아니 그럼, 이 근방에 사는 사람들 똥이 다 어디로 가겠느냐고 되물었다. 낚시하는 사람들이 들으면 어떡하지? 마음이 불안했다. 역시나 윤지와 함께 있으니 똥물이니 뭐니, 괜한 생각을 하게 되는구나, 지치기도 했다. 갈수록 빗줄기가 굵어졌고 천이 무섭게 흘렀다.

윤지는 시시콜콜한 질문을 했다. 우리가 처음 본 영화가 그거 맞지, 담임이 우리더러 뭐 닮았다고 했더라. 나는 윤지의 물음에 무신경하게 답하며 천의 수위가 높아지는 걸 바라만 보았다. 낚시하던 이들이 자리를 정리하며 음악 소리도 거두어 갔을 무렵, 번개가 땅에 내다 꽂히기 시작했다. 번개는 매번 커졌고 가장 큰 번개는 소리가 나지 않았다. 번개가 칠 때마다 윤지의 얼굴이 하얗게 빛났다. 너무 하얘 이목구비가 다 뭉개진 것처럼 보였다. 우리는 집으로 돌아가기 위해 해를 기다렸다. 해가 뜨면 번개가 그치지 않을까, 기대하며.

날이 궂어서인지 해는 좀처럼 뜨지 않았고 끝나지 않는 밤 가운데에서 나는 극심한 피로를 느꼈다. 내가 하품을 뻑뻑해 대자 윤지도 덩달아 마른 하품을 하며 "그래. 이제 그만 가자." 하고 말했다. 윤지가 먼저 일어나 도롯가로 향했고 나는 윤지의 뒤를 따랐다. 빛이 보라색 하늘을 가를 때마다 목덜미가 저렸다.

택시들이 무척 빨리 달렸다. 윤지는 뛰어들 것처럼 도로에 바투 다가갔다. 윤지는 이렇게 가까이 가야만 택시가 선다고 했다. 나는 윤지가 걱정됐지만 그렇다고 윤지를 인도 쪽으로 끌어당기진 않았다. 윤지는 그런 식으로 택시를 잡는 애니까. 윤지를 돌려보내고 집으로 돌아가는 길에 나는 예감했다. 윤지와 함께 있으면 언젠가 내가 크게 다칠 거라고. 그것이 틀린 예감이었는지, 맞는 예감이었는지 나는 확인하지 않았다.

★

 내가 대학에 입학한 해에 우리 가족 네 사람은 뿔뿔이 흩어져 살게 되었다. 엄마는 본래 우리가 함께 살던 집에서 지내며 다종다양한 아르바이트를 이어 갔고 아빠는 바닷가 인근 공사 현장에 투입되어 따로 월셋집을 구했다. 오빠는 입대했고 나는 상경해 고시원 생활을 시작했다. 말하자면 네 집 살림. 네 집 살림이라고 말하면 대단히 '있는 집'처럼 느껴져 나는 동기며 선배와 대화할 때 꾸밈없이 그 사실을 드러내곤 했다.
 아빠와 엄마 그리고 나, 우리 셋은 한 달에 한 번 만났다. 아빠 집이 중간 지점이었기에 엄마와 내가 아빠 숙소로 향했다. 도착한 터미널에는 찹쌀 순대 맛집이 있었다. 나는 꼭 그 순대를 사 들고 숙소를 찾았다. 우리는 둘러앉아 순대를 먹었고 소화시킬 겸 낚시터를 거닐었다. 도로 허기가 지면 해물칼국수를 사 먹었고 TV에서 방영하는 영화를 보았다. 의미심장한 이야기를 할 시간은 없었다. 대수롭지 않은 시간을 보내기에도 바빴다.

아빠 숙소에서는 늘 좋은 향기가 났다. 향수나 디퓨저가 따로 있는 건 아니었다. 아빠는 초고농축액 다우니를 애용했고 그중에서도 라임 향을 풍기는 '스포츠 쿨 프레시'를 좋아했다. 아빠는 자신이 타고나기를 향에 집착하는 사람으로 타고난 건 아니고 후천적으로 그런 사람이 되었다고 했다.

"언젠가 한번 여름이 아주 대단했어. '살인적인 무더위'니 뭐니 하는 소리가 괜한 엄살이 아니었지. 게다가 내내 다른 일을 하다 타워크레인 일을 시작하려니 말도 마. 일 배우랴, 텃세 이기랴, 하필이면 폭염까지."

문제는 낮 최고기온이 최고 기록을 경신한 날 벌어졌다.

"오전 근무 마치고 함바집에 들어서는데 무시무시한 쩐내가, 담배 쩐내, 땀 쩐내가 아빠를 덮친 거야. 그대로 입구에서 쓰러졌지 뭐."

그날 이후, 아빠에게는 빨래하는 습관이 생겼다.

아빠는 매일 섬유유연제를 들이부었고 햇빛이 가장 잘 드는 곳에 빨래를 널었다. 꼬들꼬들하게 마른 옷가지에서는 좋은 향이 흘러나왔다. 내가 생각하기에 세상 어떤 지독한 냄새도 사람을 쓰러뜨릴 것 같진 않지만, 그러니까 아빠를 쓰러뜨린 건 쩐내 자체라기보다 무더위와 피로 그리고 문제적 쩐내의 시너지 효과였던 것 같지만 아빠는 유독 쩐내를 강조했다. 아빠는 탓할 수 있는 걸 탓하고 통제할 수 있는 걸 통제하는 사람이었다.

아빠 숙소에 들어선 순간부터 한동안은 다우니 향을 맡을 수 있었지만 하루 이틀 지내다 보면 적응한 까닭에 맡지 못하게 되었다. 그렇다고 향의 입자 자체가 사라지는 건 아니어서 고시원으로 되돌아가 내 방에 들어설 때면 몸 곳곳에 배어들었던 다우니 향이 새삼스레 흘러나와 방 안을 가득 채웠다. 어떤 날 그 향은 내 마음을 강하게 했고 또 어떤 날엔 약하게도 했다.

50여 명이 함께 쓰는 고시원 세탁기로는 빨래를 해도 해도 냄새가 영 쿰쿰했다. 게다가 세탁기는 거의 공격적으로 느껴질 만큼 시끄러웠다. 능력은 없으면서 툴툴대기는 엄청 툴툴대는 하나의 인격체로 느껴질 지경. 그래서 이름을 붙여 주었다. 고탁기. 탁기야, 힘 좀 내 봐. 탁기야, 너무 시끄럽게 굴진 말고. 탁기야, 탁기야. 심심찮게 그 이름을 불렀다. 아빠 숙소에서 세탁된 옷은 탁기의 손을 거친 뒤에도 얼마간 향기로웠다. 옷에 코를 처박고 숨을 깊이 들이쉴 때면 희미하게나마 그 향을 맡을 수 있었다.

 따분한 학교생활 가운데 친구가 생겼다. 같은 과 동기 도윤이. 나와 도윤은 신입생 환영회에서부터 친해졌다. 우리는 화장실 줄에서 계속 마주쳤고 술자리에서 겉도는 폼이 비슷했다. 나는 도윤에게 "빠져나갈까?" 제안했고 도윤은 "그러자!" 내 말에 따랐다. 성정은 비슷했지만 그 밖의 부분까지 같다곤 할 수 없었다. 도윤은 부모와 한집에서 함께 살았으며 위로는 언니, 아래로는 남동생이 있었고 고양이 두 마리를 키웠다.

 도윤에게 딱 한 번 신세를 질 뻔한 적이 있다. 1학년 1학기 기말고사 기간. 아침에 고시원에서 막 나오는데 현관 앞에서 담배를 피우고 있던 총무가 나를 불러 세웠다. 그는 수도 문제에 대해 말하기 시작했다. 장장 10여 분에 걸친 설명이었다. 요약하자면 수도 점검 때문에 일주일간 온수가 안 나올 예정이니 그런 줄 알라는 말이었다. 나는 그날 점심시간에 도윤과 학식을 먹으며 아침에 있었던 일을 이야기했다. 푸념하려 했다기보다 총무의 태도가 너무 웃겨 그 부분에 대해 말하려던 것이었다. 총무는 마치 고시원에서 땅굴이라도 발견된 양 무진 심각하게 수도 점검 이슈에 대해 설명하려 들었다.

 온수가 나오지 않는 것 자체는 큰 문제가 아니었다. 이왕이면 여름에도 따뜻한 물로 샤워하는 게 좋았지만 차가운 물도 쓰다 보면 미지근하게 느껴진다는 걸 알고 있었다. 그래도 도윤은 당분간 자신의 집에 와서 지내라고 했다. 도윤이는 내가 좋아하는 친구이고 함께 있으면 즐거우니 나는 좋다고 답했다.

도윤이네 집은 넓었다. 그 외에는 더 보탤 말이 없을 만큼. 특색이랄 것을 갖추기에 너무 넓은 집이었다. 굳이 말하자면 넓다는 게 특색이었다. 나에겐 도윤의 집보다도 아파트 단지가 인상적이었다. 내 짐을 도윤이네에 놓은 뒤 우리는 단지를 거닐며 산책했다. 산책길은 잘 정돈되어 있었고 가장자리에는 일정 간격으로 조명이 늘어서 있었다. 조명은 우리의 길을 비췄다.

아이들이 안전하게 뛰놀 수 있는 놀이터와 분수대도 있었다. 주문한 적 없는 분수 쇼가 별안간 펼쳐졌다. 바닥에서부터 곧게 솟았다 찬란하게 흩어지는 물줄기. 아이들은 물줄기에 손바닥과 엉덩이를 갖다 대며 꺄르륵댔다. 우리는 분수대 앞 벤치에 앉았다.

문득 고시원 사람들이 생각났다. 나는 고시원 생활 중에 오며 가며 만난 사람들에 대해 이야기하기 시작했다. 이야기를 마치자 도윤이 내게 말했다.

"그동안 표현은 안 했지만 넌 내가 아는 사람 중 가장 강한 사람이야."

도윤은 평소 고시원을 고시원이라 하지 못하고 '거기'라 우물대며 에둘러 피했기에 하려던 말도 삼킬 때가 많았다. 한편 그날은 우리 관계가 얼마간 성장했다는 걸 확인할 것 같은 날이었고 그런 예감 속에 순식간에 마음이 편해져 고시원 이야기를 좀 꺼내 본 것이었다.

나는 도윤에게 뭔가 오해가 있는 것 같다고 말했다. 나는 그리 강하지 않으며 기회가 주어진다면 너도 쉽게 해낼 것이라고. 뭘 해낸다는 거지, 무언가에 맞설 용기를 불어넣듯 힘주어 말했다. 도윤은 손사래 치며 자신은 너무 나약하며 너무 철이 없다고 했다. 나는 나도 마찬가지라고, 뭐든지 처음부터 잘하는 사람은 없으며 나도 고시원 체질로 타고난 건 아니라고 말하고 싶었다. 말을 고르는데 도윤이 내 손등에 자신의 손을 살포시 얹었다.

"괜찮아, 소윤."

그때부터 나는 걷잡을 수 없이 당황하여 말을 더듬었는데 그 모습을 보고는 도윤이 내 등을 토닥이기 시작했다. 그리 감동적이지 않은 깜짝 파티의 주인공이 된 심경이었다. 으앙, 하고 울어 버리는 게 그나마 그림을 보기 좋게 만들 텐데 잘되지 않았다. "잘 참는구나. 정말 씩씩하다!" 소리까지 듣고 나서야 그나마 눈물이 좀 맺혔다. 악어의 눈물도 아니고 참 애매한 눈물이었다.

산책을 마친 후, 나는 짐을 챙겨 고시원으로 돌아갔다. 글 피가 기말시험인데 대단히 중요한 자료를 고시원에 두고 와 어서 가 봐야 한다고. 도윤이는 고시원에 들렀다 다시 돌아오라 했지만 나는 고시원에서 이곳까지는 너무 먼 데다 아마 차가 끊길 거라고 했다.

고시원 방문을 열자마자 소리치며 드러누웠다.

"역시 내 집이 최고다!"

온몸이 끈적였지만 씻을 힘이 없었다.

"오늘은 샤워 생략!"

포상이라도 내리듯 너그럽게 혼잣말했다.

벌러덩 누우니 바나나가 눈에 들어왔다. 옷걸이에 걸어 놓은 바나나였다. 냉장고에 두었더니 누군가 훔쳐 먹기에 방으로 모셔 온 것이었다. 바나나를 어딘가에 걸어 놓으면 오래 보관할 수 있다는 이야기를 들은 적 있었다. 바나나가 착각한다나. '나는 나무에 매달려 있다! 나는 살아 있다!' 착각한다나. 그렇게 따지면 마침내 땅에 떨어진 바나나는 진실을 깨닫는다는 건가. 깨닫긴 뭘 깨달아. 깨닫는다고 해도 참 별거 아닌 내용일 테다. 그저 기가 막혔다.

기막히게도 나는 도윤을 이해할 수 있었다. 고시원은 정말이지 끔찍한 곳으로 그려지지 않나. 환기, 채광 문제에 소음, 악취, 화재 문제까지. 대왕 바퀴벌레 습격 썰도 빼놓을 수 없지 않나. 그러니 도윤을 이해할 수 있었다.

  그래도 사람이 살지 못할 곳에 사람이 산다는 건 말이 되질 않았다. 말이 되게 하려면 둘 중 하나만 맞는 말이어야 했다. '고시원은 사람이 살 만한 곳이다.'가 참이든가, '고시원에 사는 사람은 사람이 아니다.'가 참이어야 했다. 도윤이는 둘 중 무엇을 참이라 할지 참 궁금했다.

  마찬가지로 지루한 교양 수업에서 하루는 고타마 싯다르타인가 하는 인간의 이야기를 들었다. 이야기는 여느 동화와 다르지 않게 시작됐다.

  싯다르타 왕자는 현자의 예언 때문에 오랜 세월 궁전 안에 갇혀 그곳이 세상의 전부인 양 살아야 했다. 왕은 왕자가 허튼 생각을 못 하도록 궁전 안을 오직 젊고 오직 건강한 것으로 가득 채운다. 그럼에도 집념의 싯다르타는 하루 날을 잡아 기어코 궁전 밖으로 나가고야 만다. 그는 길 위에서 늙은이와 병든 이 그리고 죽은 이를 생애 처음 맞닥뜨린다. 인간은 생로병사의 굴레 속에서 끝없이 고통받는 존재임을 깨달은 왕자는 결국 출가를 결심한다.

  그렇다. 그건 석가모니의 이야기였다.

  인생이 고통임을 깨달은 게 대단한 건가. 나는 석가모니가 그리 대단치 않다고 생각했다.

'내내 궁전 안에서 살다가 난생처음 길 위에 들어선다면 누구라도 뭔들 깨닫지 않겠어? 같은 상황에 놓였더라면 나도 까짓 붓다가 됐겠다!'

수업 중에 또 딴생각을 했다.

딸내미가 설렁설렁 학교에 다닌다는 사실을 까맣게 모르는 엄마는 통화할 적마다 꼭 고시원 계단에 대해 경고했다. 이사를 도울 때 와서 봤던 계단이 계속 신경 쓰이는 모양이었다. 계단 디딤면의 길이가 짧긴 했다. 잘 조준해 발을 내딛지 않으면 헛디딜 가능성이 농후하긴 했다. 엄마는 위층에 있는 취사실에서 끓인 라면을 혹여나 내 방으로 가져가 먹을 생각은 하지도 말라고 거듭 당부했다.

"펄펄 끓는 라면 옮기다 계단 하나라도 잘못 밟아 봐."

그다음은 상상도 하기 싫다며 말을 잇지 못했다. 나는 엄마에게 방에 음식 냄새 배는 건 나도 싫다고 이야기했지만 엄마를 완전히 안심시킬 수 없었다. 부모를 걱정시키는 게 불효라면 나는 꽤 불효자식인 셈. 억울한 게 있다면 어떤 불효는 내 뜻과 무관하게 저질러진다는 점이었다. 말하자면 비자발적 불효. 나는 부모를 걱정시키고 싶지 않다고 해서 걱정시키지 않을 수 있는 처지가 아니었다.

그래도 거짓말만큼은 하지 않기 위해 매번 취사실에서 식사를 했다. 그러는 중에 몇몇 사람과 마주쳤다. 배가 고파 잠이 오지 않던 어느 새벽, 간장계란밥을 해 먹으러 취사실에 올라간 날이었다. 그런 새벽은 이후로도 있었지만 그날은 그런 새벽의 처음이었다. 한겨울에 접어들고 있던 터라 복도에 나왔을 뿐인데도 무척 추웠다.

이를 앙다물고 취사실에 들어서는데 누군가 식사를 하고 있었다. 낯익은 사람이었다. 잔머리 한 올 없이 머리를 강력하게 묶고 다니던 여자. 덩달아 눈썹마저 달려 올라간 듯 보이곤 했는데 나중에 보니 똥머리를 풀어도 마찬가지, 원래 그렇게 생긴 사람이었다. 그는 휴대폰과 편의점 도시락을 번갈아 보며 식사하고 있었다.

계란 익어 가는 소리만 들릴 만큼 취사실은 고요했다. 그러던 중 어디선가 흥얼거리는 소리가 들리더니 얼굴에 마스크팩을 얹은 여자가 취사실로 들어와 똥머리 여자 맞은편에 앉았다. 그 또한 낯이 익었다. 둘은 잘 아는 사이인지 소곤소곤 대화하기 시작했다. 계란프라이가 완성되어 나는 그들 옆에 앉아 밥을 먹었다.

두 여자는 재잘대다 소리 없이 웃기를 반복했다. 너무너무 웃기면 소리조차 내기 힘들 만큼 배가 무진장 당기지 않나. 둘은 배를 부여잡고 입을 아주 크게 벌려 가며 파하, 파하, 끄으, 끄으 웃었다. 저절로 정숙이 유지되었다. 나는 그들의 말을 듣지 않을 수 없는 거리에 있었는데 듣고 있다는 티를 내지 않으려 애썼으나 어떤 대목에서는 웃을 수밖에 없었다. 동참하고 싶어 그런 건 아니었지만 결국에는 나도 대화에 합류하게 되었다.

"넌 어쩜 그렇게 피부가 밝니."

마스크팩이 나를 빤히 바라보다 대뜸 물었다.

"여기는 곰팡이도 잘 피는데 어쩜 그러지. 젊어서 그런가."

다시 묻고는 속절없는 세월을 탓하는 노래를 흥얼거렸다.

"그런 말 마라, 얘. 나는 저 나이 때 안 저랬어. 피부는 그거라잖아. 타고나거나 돈 처바르거나." 똥머리가 카디건을 여미며 말했다.

"타고나거나 타고나야 한다는 거지?"

"그래, 그거네. 탓할 걸 탓해. 정말."

그러니까 나는 타고난 셈이었다.

여름방학 때부터 배스킨라빈스에서 아르바이트를 했는데 여름 시즌을 혹독하게 보내고 나니 가을에는 스쿠핑(scooping)의 달인이 되어 있었다. 손목을 덜 쓰는 기술이 생겼고 모양도 예쁘게 담을 수 있었다. 말하자면 처음에는 손목을 많이 썼고 모양도 형편없었다는 말이다. 초심자일 때는 그밖에도 문제가 많았다. 처음 얼마간 팔뚝이 엉망이었다. 아이스크림을 풀 때마다 성에 긁혀 피가 났고 통에 부딪혀 멍이

들었다. 파인트 336그램, 쿼터 643그램. 정량을 맞추는 일에도 애를 먹었다. 더하고 무게 재고, 빼고 무게 재고. 몸도 머리도 분주했다. 드디어 정량에 다다르고 나면 사람들이 오간 바람에 더럽혀진 눈밭처럼 보기에 영 좋지 않았다.

핑크색 유니폼 입은 이들에게 동화 제목처럼 낭만적인 이름을 대며 주문할 때는 미처 몰랐던 일이었다. 몰랐던 내가 베테랑이 되었고 결국 성탄절 시즌까지도 소화해 냈다. 예수 아닌 이들의 생일 또한 자연스레 챙기게 되었다. 내 생일이 1년에 한 번이라 세상에 생일이 이렇게 많은 줄 몰랐는데…… 매일 생일 초의 개수를 세었다.

아르바이트를 시작한 후, 고탁기에 관한 문제마저 말끔히 해결되었다. 자비로 새 세탁기를 구매해 들였다는 건 물론 아니다. 엉뚱한 이유로 접수된 고객 불만 사항에 대해 억울함을 호소하다 점장으로부터 자르네 마네, 소리를 들은 날이었다. 그날은 씩씩대다 동틀 무렵이 되어서야 간신히 잠들 수 있었다. 얼마나 잤을까.

"시끄러워 어디 살겠나."

탁기를 향해 누군가 내지른 소리 때문에 화들짝 잠에서 깨고 말았다.

"탁기야, 제발."

중얼거리다 나는 이런 생각을 하기에 이르렀다. 새벽에는 간혹 총명해질 때가 있지 않나.

'한 사람당 일주일에 두 번, 건당 한 시간짜리 빨래를 돌린다고 가정해 보자. 이곳에는 현재 50여 명이 거주하고 있으니 탁기는 일주일에 최소 100시간 일해야 한다. 주말까지 반납한다고 해도 하루 열세 시간 일해야 한다는 것. 누군가 이불 빨래라도 맡기는 날에는 꼼짝없이 야근까지 할 터. 이는 명명백백한 노동법 위반이다. 탁기는 탈수 작업 절정에 다다라 봐야 여느 세탁기의 속도를 도저히 쫓지 못하는데, 이는 미치지 않기 위해 미치지 않는 전략을 택한 게 아닐까.'

이런 생각을 한 뒤, 다시 까무룩 잠들었다. 그 잠에서 깨어난 뒤로는 탁기의 무능력도, 투정도 용인할 수 있게 되었다. 그리하여 그 무렵, 만일 누군가 내게 약간의 고료를 주며 고시원에 관한 기사를 한 편 써 달라고 부탁했다면 무진장 건조한 글을 썼을 것이다. '울음소리 내듯 삐걱대는 의자'가 아닌 '의자', '내 꿈을 다 감당하지 못하는 비좁은 세상처럼 한 뼘 모자란 침대'가 아닌 '침대'에 대해 썼을 것이다. 비극도 낭만도 없는 글을 썼을 것이다.

고시원에서 지낸 지 1년이 넘은 시점에 큰일이 하나 생기긴 했다. 학교 갈 준비를 하기 위해 머리를 감고 있을 때였다. 나는 두 눈을 감고 흥얼거리며 손끝으로 두피 마사지를 하고 있었다. 갑자기 조금 어지러워져 중심을 잡으려 벽을 짚었는데 어지러움이 더욱 심해져 눈에 덮인 거품을 손등으로 걷어 냈다.

눈을 떠 보니 선반에서부터 샤워용품들이 떨어지고 있었다. 벽에 고정되어 있던 샤워기도 떨어져 나가더니 미친 뱀처럼 사방으로 날뛰었다. 세상이 흔들리고 있었다. 나는 얼른 머리를 감싸고 바닥에 주저앉았다. 그렇게 앉아 있는 중에도, 나뒹구는 대야를 보는 중에도 나는 나를 의심했지, 지진이 일어났다고는 생각하지 못했다. 기우뚱 또 갸우뚱거리다 누군가가 떠올랐다.

자리에서 벌떡 일어나 서둘러 옷을 걸쳤다. 좁은 복도를 통과해 내 방을 향해 달렸다. 빠르게 달리니 흔들림이 느껴지지 않았다. 오전 8시. 아빠가 일할 시간이었다. 아빠가 지상으로부터 80미터 위에 있을 시간이었다. 아빠 타워의 높이는 80미터라고 했다. "아빠 타워 키가 몇이야?" 물으니 "80미터." 라고 분명 그랬다. 80미터에서 0미터로 떨어진다면 죽지 않을 가능성도 0에 가까웠다.

다행히도 아빠와 연락이 닿았다. 떨리는 목소리를 들은 아빠는 당황한 듯했다.

"그런 거 못 느꼈어. 고시원에 문제 있는 거 아니야? 당장 다른 데 알아보자."

나는 숨을 고른 뒤 "별일 없으면 됐어요……." 전화를 끊었다. 복도에서, 옆방에서 웅성대는 소리가 들려왔다. "느꼈어요?" "그쵸, 맞죠?" 속보를 확인해 보니 아빠가 있는 지역에도 분명 지진은 있었다. 타워는 원래도 조금씩 흔들리니 모를 뿐이었다. 여진이 더 강력할 수 있다는 기사가 잇따라 올라왔고 나는 아빠에게 기사 링크를 보냈다. 곧 답장이 왔다.

'작업 중지 명령 안 떨어졌다. 걱정 마라. 여기는 흔들림 없으면 오히려 장비가 더 위험하다. 슬슬 리듬 타며 작업 중.'

안전 불감증 강국 아니랄까 봐. 나는 미칠 듯이 답답했다. 그러고는 이내 안도했다. 아빠가 괜찮다는 데에 안도했고 지진을 못 느꼈다는 데에 안도했다. 게다가 불효를 저지르지도 않았으니 안도했다. 고시원이 무너져 내렸더라면 큰 불효를 저지르는 꼴이 됐을 텐데 나는 말짱했다. 나는 안도했고, 그런 종류의 안도를 했다.

문득 누군가가 떠올랐다. 나는 그에게 한마디 쏘아붙이고 싶었다.

"들어라, 부처야! 인생이 무상(無常)이라니 영원한 것이 없다라니, 아무것도 모르는 소리 좀 하지 말아라. 같은 높이에서 같은 무게의 철근을 계속해서 옮기는 이들이 있다. 항상 흔들리며 결국 항상 흔들리지 않는 이들이 있다. 어떤 일을 계속 계속 하는 어떤 이들이 있다. 인생은 차라리 유상이다.

인생은 덧없지 않으며 덧없을 수 없다. 인생에는 덧이 많아도 너무 많다. 인생무상은 왕자만이 경험할 수 있는 생의 드라마다."

방에서 홀로 툴툴댔다.

그 무렵, 지진을 피했으면서도 고작 스물다섯이면서도 미얀마에서 온 노동자는 떨어졌다. 그는 비자가 만료된 미등록 이주 노동자였고 현장에서 단속을 피하려다 8미터 아래로 추락했다.

"토끼몰이식 살인 단속. 중단하라! 중단하라!"

이런 구호를 외치는 시위가 열렸다. 사망한 노동자와 인연이 있는 스님들이 모여 오체투지 시위하며 조계사에서 청와대 앞까지 갔다. 스님들은 "당장 살려 내!" 소리쳤다. 그것참 뚱딴지같은 소리였다. 아니, 명색에 스님이면서 열반을 빌지 않고? 그들은 명색에 스님이면서도 차마 열반을 빌지 못하고 있었다.

불교 교리에 따르면, 나쁜 사람은 윤회하고 착한 사람은 무(無)로 돌아간다던데 그렇다면 사망한 노동자는 어디쯤 있으려나. 아무래도 '불법' 이주 노동을 했으니 죄를 짓긴 했지. 그렇다면 나쁜 사람이니 유(有)로 돌아오려나. 근데 윤회 여부가 불법 이주니, 뭐니 하는 세속의 법에 따라 판단될 것 같진 않았다. 그렇다면 무로 돌아갈 수도 있을 텐데……. 사실 나는 그가 뜻하는 대로 이뤄지길 바랐다. 돌아오고 싶다면 돌아오시길, 돌아가고 싶다면 돌아가시길.

이후, 내 삶은 거의 변하지 않았다. 아빠는 여전히 스포츠 쿨 프레시를 애용하고 나는 도윤이와 그냥저냥 친구로 지낸다. 때로 다치고 아프며 비자발적 불효를 저지른다. 사실 변한 게 하나 있긴 하다. 나는 이제 순대를 먹지 않는다. 이제는 순대가 순대로 보이기 때문이다.

★

 애인을 처음 만난 건 음악 동아리 공연 날이었다. 그날 나는 노래를 맡았고 애인은 앰프 설치며 공연 준비를 보조했다. 왔다 갔다 분주한 그를 보며 '아, 저 사람이 오늘 공연을 돕는다던 OB이구나.' 알아차렸다. 뒤풀이 자리에서 그에 대해 더 자세히 알게 되었다. 수학교육학을 전공하고 있으며 대학원 진학을 앞두고 있다고. 음악 동아리를 그만둔 뒤 축구 동아리에서 주장을 맡고 있다는데 듣고 보니 왠지 축구를 할 것 같이 생긴 듯했다. 일단 키가 크고 호리호리했다. 코도 휘어져 있었다. 물론 그게 '축구인'에 딱 맞아떨어지는 단서는 아니었지만 그를 들여다보며 추정하는 일이 그저 즐거웠다.
 그는 맥주 한 잔을 천천히 나눠 마셨고 안주를 많이 먹었다. 매운 음식을 못 먹는 듯 부침개에 박힌 청양고추를 골라내 접시 한쪽에 치워 두었다. 말은 없었고 대신 많이 웃었다. 웃을 땐 눈매가 둥글어졌는데 안 웃을 땐 날카로웠다. 한 동아리원이 그를 툭 치며 '수학'의 고지식한 면모를 놀릴 때, 그의 눈매가 둥글어질까 날카로워질까 나는 약간 긴장을 했다.

"성에 공주가 갇혔을 때, 다른 기사들은 검을 차고 당장 성에 오를 거 아니야. 근데 수학은 이러고 있어요. '자, 일단 이 검을 정의해 보자.' 정의가 없으면 시작을 못 하니까. 공주는 성에서 애타게 기다릴 텐데 말이야."

여러모로 우스운 그 이야기를 그는 마음에 들어 하는 눈치였고 고개를 끄덕이며 답했다.

"그렇지, 수학은 그렇지."

마치 오래 사귄 애인의 매력을 재확인하기라도 한 듯 그는 흐뭇해 보였다. 나는 '앎'과 그렇듯 로맨틱한 관계를 맺고 있는 사람을 난생처음 보았다. 그런 까닭에 대학교 탐방 가이드 일을 마친 뒤, 그에게 연락해 맥주를 마시자고 한 것이었다.

대학교 탐방 가이드. 고등학교 후배들이 대학교에 방문하는 날이면 나는 어김없이 가이드 역할을 했다. 내가 졸업한 이후, 수년째 합격자가 나오지 않아 별수 없었다. 여느 해와 마찬가지로 인솔 담당 선생님은 후배들에게 나를 거창하게 소개했다. 고등학교 재학 시절, 내가 얼마나 성실했으며 학습 태도가 얼마나 훌륭했는지에 관해.

그의 말은 사실이었다. 나는 가장 영광스러운 시절의 나에 대해 선생님이 어떻게 이야기하나 영영 듣고 싶었다. 후배들은 흡족할 만큼 내게 경탄했다. 그럼에도 나는 그들에게 더 큰 충격을 주고 싶었다. 나는 고교 재학 당시 잠을 몇 시간까지 줄였으며 하루 최대 몇 시간 공부해 봤는지 뽐냈다. 고개를 끄덕이며 경청하는 아이들을 보며 나는 어서 후배 합격자가 배출되어 내가 가이드 역할을 그만둘 수 있기를 바랐다. 애들 앞에서 내가 하는 말이 낯부끄러워서가 아니라 이 일이 내게 너무나 큰 만족감을 줬기 때문에.

후배들과 함께 교내를 한 바퀴 둘러보기 위해 관광버스에 올랐다. 나는 학교 곳곳을 소개해야 했기에 맨 앞자리에 앉아 마이크를 한 손에 쥐었다.

"아, 아."

버스 안에서 내 목소리가 울려 퍼졌다. 버스가 출발하자 앞에 걸린 풍경이 양옆으로 갈라지며 우리 곁을 지났다. 나는 그제야 좀 부끄러워지기 시작했다.

"자, 여기는 종합운동장이에요. 학교에 퀴디치 동아리가 있는데 종종 빗자루 타고 연습을 해요. 진짜 귀여워요."

시답잖은 소리를 해대는 게 차라리 이 상황을 덜 우습게 만들어 주지 않을까, 그런 멋없는 기대를 하며 입을 놀렸다.

"여긴 폐수영장. 민주화운동 하던 학생들이 이쪽에 많이 숨었다고 해요."

'민주화운동'이라는 단어를 내뱉자 기분이 한결 나아졌다. 의미 있는 근현대사와 잠시 연루된 느낌. 버스는 언덕을 하염없이 올랐다.

"지금은 잔디밭이지만 전에는 이병철 회장의 사유지로 골프장이 있던 자리예요. 여기서 종종 공연도 해요. 저쪽은 캐디들이 즐겨 찾는 백반집이 있었고 옆 건물은……"

학교는 너무 넓고 건물이 너무 많았다.

학교를 모두 둘러본 뒤, 기념사진을 촬영할 시간이었다. 사진 명소는 단연 신축 도서관 앞이었다. 사진 찍는 학부모와 학생을 매일 볼 수 있는 700억 원짜리 유리 건물. 그 앞을 지날 때마다 떠오르는 동기 애가 있었다. 도서관에서 걔는 나와 나란히 걷다 어느 한 곳을 가리키며 멈춰 섰었다.

"어, 삼촌이다! 여긴 우리 할아버지."

신축 도서관 안에는 도서관을 짓는 데 거액의 돈을 기부한 동문과 외부 인사의 이름이 곳곳에 새겨져 있었다. 으, 그 말을 하는 동기가 정말 재수 없게 느껴졌다. 걔가 부잣집 애라는 걸 재수 없어 하는 게 옳은 일인지, 내게 그럴 자격이 있는지 굳이 고민하고 싶지도 않았다.

신축 도서관에는 500만 권 이상의 책이 있었지만 정작 나는 입학 이래 책을 읽지 않았다. 더는 책이 읽히지 않았기 때문이다. 어떤 책은 참 진지하고 어떤 책은 아름다워서 읽히지 않았다. 책과 내가 서로를 따돌리느라 도저히 집중이 되지 않는 날엔 손끝으로 문장을 짚어 가며 읽었다. 꿈틀대는 문장을 지그시 눌러 붙잡듯이. 그렇게 잠시 집중하다 나는 다시 내 자리로 돌아와 내 삶을 답답해하곤 했다.

투어 끝에 우리는 정문 조형물 앞에서 단체 사진을 찍었다. 애들은 관광버스를 타고 다시 대전으로 돌아갔다. 내일부터는 다들 몇 시간 자고 몇 시간 공부하려나, 걱정하다 말고 나 자신과 애들을 싸잡아 비웃었다. 됐어, 내가 한 말이 뭐라고 그 애들이 공부를 하겠냐.

투어를 마친 뒤, 왠지 쓸쓸해져서 그에게 연락한 것이었다. 그가 가진 특유의 완고함이, 어딘지 뭉친 나의 하루를 살살 풀어 줄지 모른다는 막연한 기대를 품은 채로. 우리는 맥줏집 앞에서 만났다. 회색 후드를 뒤집어쓰고 걸어오는 그에게서 치약 민트향이 폴폴 풍겨 왔다. 맥주 두 잔에 감자튀김을 시킨 뒤, 그에게 물었다. 내가 교내를 오르락내리락하며 떠들어대는 동안 무얼 하고 있었냐고. 그는 멀쩡한 옆머리를 공연히 정돈하며 웃었다.

"리포트 썼지 뭐. 지난번 술자리에서 네가 들려준 얘기가 재밌어서 활용했는데 한번 봐 줄래?"

그때 내가 들려준 이야기는.

"어릴 때, 하루는 너무 외로워서 날뛴 적이 있어. '엄마, 지금 여기 만두가 다섯 개 있어. 그러면 나한테 몇 개 줄 거야? 사람들한테 다 나눠 주고 그다음에 나한테는 몇 개 줄 거냐고.'"

그는 나의 만두 일화가 어떻게 반영되었는지 확인해 보라며 테이블을 가로질러 휴대폰을 건넸다. 나는 휴대폰 화면 속 그가 가리킨 문단을 읽었다.

'덧셈을 예로 들어 보자. 덧셈을 함수로 바라보는 것은, 덧셈을 특정한 두 수 사이의 이항 연산으로 보는 것(예를 들어, 5+3=8 또는 사과 5개를 가지고 있는 소윤이가 사과 3개를 더 받으면 사과 8개를 가지게 된다는 것을 아는 것)을 넘어, 덧셈을 수나 양의 집합 위에서의 연산으로 보는 것이다.'

이해하기 어려웠지만 나를 떨리게 하는 문장들이었다. 8이 이렇게 큰 숫자였나. 사과 여덟 개는 너무 많지 않나. 사과 여덟 개를 품에 다 가누지 못하고 엉거주춤 서 있는 기분. 나는 애꿎게 문법을 지적하며 휴대폰을 돌려주었다.

"사과는 여덟 '개'가 아니라 '알'이라고 해야 맞을 텐데?"

대화를 하다 보니 새벽 4시. 1교시 수업이 있었기에 나는 아예 학교에 가 있을 셈이었다. 그가 나를 학교까지 바래다준다고 하여 나는 그의 손을 잡았다. 그에게 궁금한 게 많았다. 그는 축구 선수 중엔 페르난도 토레스를 가장 좋아한다고 했다. 플레이가 단순하다 못해 우아해서 경기를 마친 뒤에도 몸에 상처 하나가 없을 것 같다고. 영화로는 훌륭한 스승이 주인공인 「죽은 시인의 사회」와 「굿 윌 헌팅」을 꼽았다. 낙관적인 영화들을 좋아하는구나, 실망하는 한편 그의 순정에 놀라고 말았다.

나는 개나 고양이에 별 흥미가 없었지만 단지 그의 취향이 궁금해 개나 고양이를 좋아하냐고 물었다. 12년 같이 산 개가 4년 전 무지개다리를 건넜다고 했다. 나는 그 개가 많이 보고 싶냐고 물었다. 그때까지만 해도 나는 이별을 경험해 본 적이 없었기에 그런 질문을 하는 데 스스럼없었다. 그는 꿈에 종종 개가 나온다고 했다. 깨어난 뒤로도 개를 안고 있던 촉감이 한참 지속된다고.

"두 가지 느낌이 있거든. 벗어나려고 하는 느낌이랑 가만히 있는 느낌. 가만히 있어 줄 땐 고마워. 아롱이는 엄마 해바라기여서 나한텐 관심 없었거든. 내 가방에 오줌이나 싸고."

잠자코 있어 주는 흰 개와 두 팔에 힘을 주지도 풀지도 못하고 있는 한 사람.

나는 그에게 아롱이는 대체 어떤 개였냐고 물었다. 그의 말에 따르면 아롱이는 "왈왈"이 아니라 "왕왕" 짖는 개였다. 하모니카 소리를 들으면 "아울" 하고 늑대처럼 울었다. 가족이 떠올라 슬퍼하는 소리였을까, 그는 그걸 아직도 모르겠다고 했다.

"소리는 파동이라 사라지지 않는대."

그는 그 앎에 의지하는 듯했다.

우리는 학교 운동장에 도착해 연두색 펜스에 등을 기댄 채 동이 틀 때까지 더 이야기했다. 그는 나와 계속 만나고 싶다고 했다. 내가 그에게서 듣고 싶은 말이 뭔지를 그가 이미 다 알고 있어서 나는 불안해졌다. 대답을 망설이고 있는데 그의 휴대폰에서 작고 부드러운 알람 소리가 들렸다. 이런 알람을 듣고 기상하는 사람이구나. 난데없이 애잔한 마음이 들었다. 그는 예정되어 있던 새벽 축구 경기를 바로 뛰겠다고 했고 나는 잠시나마 눈을 붙이고자 운동장 옆 건물에 있는 휴게실로 올라갔다.

휴게실에 들어서자마자 창문을 활짝 열어젖혔다. 초여름 풀 비린내가 밀려들었다. 창문 아래 운동장이 있었고 축구부원들이 그곳으로 하나둘 모이는 모습이 보였다. 나는 창가에 서서 경기를 구경하려다 그대로 소파에 누웠다. 몸을 뒤척일 때마다 웃옷이 말려 올라갔고 맨살에 차가운 소파 가죽이

닿았다. 내 몸이 한껏 부풀고 있었다. 내가 너무 커져서 어디에 있더라도 발견될 듯했다. 소파 속을 파고들어 숨고 싶었지만 그럴 수 없었다.

곧 소리들이 들려왔다. 휘슬이 울리고 공이 차이는 소리, "올라가, 올라가." 외치는 소리, 누군가 다급히 뛰어가고 짧은 패스가 이어지는 소리, 환호 소리. 운동장 쪽으로 귀를 기울이며 나는 그의 목소리를 찾았다. 이 목소리인가? 아냐, 이렇지 않았어. 그럼 이 목소리인가? 팔다리를 쭉 뻗고 눈을 감았다. 사람이 저렇게나 많은데 나는 한 사람과 만났고 오래 이야기했고 그럴 수 있어 기뻤다. 동시에 두려웠다. 살아가는 데에 특별히 필요한 게 없는 사람이 되려 했는데 꼭 필요한 뭔가가 생길 것 같았다. 꼭 필요한 뭔가가 생긴 삶은 대체 어떻게 살아야 하지? 그런 고민을 하며 경기가 끝날 때까지 소리를 엿들었다.

다시 휘슬이 울리고 하나둘 소리가 거두어졌다. 잠잠해진 운동장. 나는 나 자신을 달래는 일에 지쳐 있었다. 일단 자자, 주문을 외는데 그에게서 메시지가 도착했다.

'우리 팀이 이겼고 내가 두 골을 넣었어.'

나는 그에게 전부 들었다고 답장했다.

★

 정규직 전환에 실패했고 계약 또한 연장되지 않았다. 지난번에 급히 사용한 반차가 문제였을까. 그 밖의 사유는 떠오르지 않았다. 어쩌면 내가 그 밖의 사유를 떠올리지 못할 만큼 둔한 인간이라는 점이 사유일지 몰랐다. 설거지와 잔일도 이제 끝났다고 생각하니 짐을 챙기는 손이 빨라졌다. 내 자리는 탕비실 맞은편, 나는 당번이 잊은 설거지를 하고 똑 떨어진 탕비실 물품을 채워 넣곤 했다. 누가 시키지 않은 일이었지만 자리가 사람을 만드는 법이었다.
 짐이 많지 않았다. 홀가분하게 떠나기 위해 미리 데스크테리어를 단념하기라도 한 것처럼 피규어도, 미니 선풍기도 없었다. 아닌 게 아니라, 입사 후 나는 거의 모든 이들로부터 '미니멀리스트' 소리를 들었다. 나는 그것을 나의 라이프스타일로 착각할 뻔했다. 착각해 버릴까 말까 고민될 때면 자취방을 떠올렸다. 그러면 '꼭 그런 것 같진 않아요' 속으로 대답할 수 있었다. 실은 겨울이 시작될 무렵, 나의 잔디 인형 패트를 데려와 데스크 위에 두려 했다. 자취방 창문이 애매하게도 동향이었기에. 사무실 화초는 손을 대 보지 않을 수 없을 만큼 윤기가 흘렀다. 그럼에도 패트를 사무실로 옮기지 않았다. 잔디 인형이라니, 심적으로 여유로워 보일 수 있었다. 괜한 오해를 사고 싶지 않았다.

퇴사를 일주일 앞두고 패트가 죽었다. 남은 일 처리와 인수인계 등으로 어느 때보다 바쁜 시기였다. 시들어 버린 패트는 더는 물을 마시지 않았다. 좋지 않은 냄새를 풍기기 시작했다. 어떻게 그렇게 죽어 버릴 수 있는지 궁금해하며 패트를 집 근처 천에 놓아주었다. 늦겨울, 물은 그리 차갑지 않았고 그건 위안이 되지 않았다.

사무실 짐 가운데 집으로 가져갈지 말지 잠시 고민한 물건이 있다. 캄보디아로 여름휴가를 다녀온 조 대리가 준 엽서. 여행에서 돌아온 조는 팀원들에게 앙코르와트 사진 엽서를 나눠 주었다.

"까맣게 타서 돌아왔네요."

나는 엽서를 건네는 조에게 잘 다녀왔냐 물었다. 조는 엽서에 눈짓하며 앙코르와트는 별것 없더라고 했다. 이어지는 조의 스쿠버 다이빙 체험기를 들으며 나는 엽서를 파티션에 창문처럼 걸었다.

"장비를 왕창 멨는데 얼마 내려가지도 않는 거예요. 어느 정도로 얕았냐면 같이 간 애가 도중에 벌떡 일어설 만큼. 그게 진짜 어이없어서 웃다 코에 물 다 들어가고."

조는 몇 년만 일찍 갔어도 코끼리를 탈 수 있었을 텐데 그게 아쉽다고 했다.

마지막 날 퇴근길, 언제나처럼 버스 안에 사람이 차곡차곡 들어찼다. 버스는 힘겹게 출발했고 오르막길에서는 더욱 낑낑댔다. 마침내 버스 안이 사람들로 가득했기에 출발할 때도, 멈출 때도 누구도 흔들리지 않을 수 있었다. 나는 퇴사자의 여유를 만끽하며 흔들리지 않는 편안함을 즐겼고 1년간 나를 실어 날라 준 버스의 노고를 치하하다 하차 벨을 눌렀다. 그러다 문득 코끼리가 떠올랐다. 코끼리로 살아가는 일이란 과연 어떨까. 관광객들을 등에 태우는 일이 코끼리에게 얼마만큼 힘들까. 적성에 맞을까.

'됐어. 그거야 코끼리마다 다르겠지.'

언젠가부터 그래 왔듯 대충 생각하고 넘겨 버렸다.

먹을거리를 사 들고 집으로 향했다. 집에 도착해서는 차가운 방바닥에 그대로 뻗어 밀린 숨을 들이켰다.

"그러게, 이게 뭐라고, 응?"

나는 부장의 목소리를 흉내 내며 혼잣말했다. 느릿느릿한 말투, 낮은 음성. 그런 특징이 그의 말에 권위를 부여하는 걸까.

"우리나라 젊은이들 정말 열심히 살아요."

회식 자리에서 부장이 나의 어학 점수와 학벌을 가리켜 한 말이었다.

"근데, 봐. 내가 우리 애들 캐나다에 왜 보냈게."

부장의 말끝에 나는 웃었다. 그의 말을 웃을 만한 것으로, 가벼운 것으로 만들려는 의도로. 내 웃음을 시작으로 같은 테이블에 앉은 모두가 웃었다.

목이 타서 짐 정리를 미루고 맥주 한 캔을 급히 마셨다. 안주로 산 과자가 짜서 두 번째 캔도 쭉쭉 들이켰다. 왠지 흥에 겨워 가방을 확 뒤집어 탈탈 털었다. 짐이 쏟아졌고 엽서도 같이 떨어졌다. 엽서 속엔, 대지와 한 몸처럼 이어진 앙코르와트가 서 있었다. 지난여름 내게는 휴가가 없었다.

한 달 후, 벚꽃축제 일을 좀 도우라는 엄마의 어명에 따라 축제 전날 자취방을 나섰다. 나는 나서기 직전까지 늑장을 부리며 창문은 잘 닫았는지 거듭 확인했다. 그러다 늦은 점심, 꽉 찬 종량제 봉투를 양손 가득 들고 마침내 문을 열었다. 낮

에 집을 나서는 건 실로 오랜만이어서 눈이 부시다 못해 아렸
다. 두 눈을 거듭 깜빡이자 뿌연 풍경이 점차 형태와 색을 갖
춰 나갔다. 복도 끝 창문을 통해 봄바람이 들어왔다. 꽃가루
탓에 기운차게 재채기했다. 나는 잠시 어지러웠다. 총무가 정
성껏 가꾼 화초가 통통한 잎사귀를 늘어뜨린 채 층계참마다
줄지어 있었다. 혹시나 쓰러뜨릴까, 짐들을 조심스레 가누며
계단을 내려갔다.

기차에 올라탄 뒤, 부모님께 어떤 근황을 들려 드려야 하
나 고민했다. 믿음을 주면서도 섣부른 기대감은 주고 싶지 않
았다. 그런 고민을 하다 설핏 잠들었고 대전역에 다다라 소스
라치게 놀라며 깼다. 검정 커튼을 두르기라도 한 듯 창밖은
컴컴했다. 아파트 정문에 도착해 올려다보니 13층 우리 집은
까무룩 잠들어 있었다. 그 무신경함에 도리어 안도감이 들어
콧노래를 부르며 엘리베이터에 올라탔다. 살금살금 집에 들
어서는데 아빠가 한쪽 눈을 찡그리며 안방에서 나왔다. "저녁
은?" 말이 길어질 듯해 "네에." 간추려 답한 후 내 방으로 들어
갔다.

방에는 홈쇼핑 제품과 가족들의 겨울옷이 쌓여 있었다. 그
리고 한쪽에 놓인 이불과 베개. 엄마는 내가 편안해하는 이
불의 두께와 베개의 높이를 알고 있었다. 허기가 몰려와 부엌
에 가 라면을 끓였다. 냄비가 낯설어 물 조절에 실패했고 밍밍

한 맛을 보완하기 위해 김치를 꺼냈다. 시원하고 톡 쏘는 김치. 김치맛이 조금 달라져 있었다.

다음 날, 점심 무렵 눈을 떴다. 장터 일을 거드는 것에 내심 기대했던 건지, 나를 깨우지 않은 엄마에게 배신감을 느꼈다. 아빠는 거실 소파에 앉아 드라마 진도를 따라잡고 있었다. 기척을 들은 아빠는 TV에 시선을 고정한 채 내게 말했다.

"심심하면 놀러나 오래."

나는 식탁 위 접시에 담긴 방울토마토를 먹으며 입술을 축였다. 거실 깊숙이 빛기둥이 세워진 시각이었다. 공연히 냉장고 문을 열었는데 찬 통에는 온통 봄뿐이었다. 미나리무침과 달래 간장 그리고 냉잇국. 아빠가 말했다.

"다 제철이야."

에이, 장터 음식이나 주워 먹자 싶어 모자를 눌러쓰고 집을 나섰다. 색색의 봄옷을 꺼내 입은 사람들이 축제가 열리는 천으로 향하고 있었다. 나도 그들을 따라 걸음을 옮겼다. 도착해 보니 부스가 빽빽이 들어서 있었고 줄도 무척 길었다. 과연 찾을 수 있을 것인가, 정신이 아득해졌지만 엄마에게 당장 전화해 어디냐고 묻고 싶진 않았다. 괜히 뻘쭘해진 나는 천 건너편 산책로로 넘어갔다.

야트막한 다리를 건넜을 무렵, 누군가 내 이름을 불렀다. 한층 더 가까워진 목소리가 "여기!" 외쳤지만 보이는 이가 없어 등골이 오싹했다. 그때, 갈대 수풀에서 누군가 불쑥 튀어나왔다. 고등학교 동창 양이래. 이래는 내게 질문을 쏟아 냈다. 언제 내려왔어? 살 빠졌지? 나는 얼떨떨해져 무엇 하나 제대로 답하지 못했고 이래는 내 어깨를 연신 두드리며 웃었다.

우리는 같은 반이었던 적이 있지만 어울리는 무리가 달랐다. 이래와 그 친구들은 종일 뭔가를 적고 그렸고 수업 시간엔 좀 무기력해 보였다. 그럼에도 나보다야 이래가 친구들의 안부를 잘 알고 있었다. 산책로의 반환점에 이르기까지 이래는 근 몇 년간의 소식을 부지런히 전해 줬다. 좋다, 나쁘다, 단언할 수 없는 소식들이었다. 이래는 내게 물었다.

"그래서 너는 좀 어때."

근 몇 년, 나는 그런 질문에 곧잘 허둥댔고 터무니없이 거창한 목표를 말하는 것으로 상황을 모면하곤 했다. 한편 오래 걸은 탓에 지쳤던 건지, 어떤 힘도 들이지 않고 허심탄회하게 답했다. 내가 얼마나 오랜만에 외출한 것인지에 관해, 외출 중에 갑자기 불편하고 불안해지는 감각에 관해. 이래가 다른 친구들에게 내 소식을 부지런히 전할 걸 예감하면서도 그냥 다 말해 버렸다. 이래는 자신의 이야기도 들려주었다. 3년째 같은 시험을 준비 중이라고, 종일 독서실에서 지내며 점심 먹고 이렇게 잠깐 산책하는 게 낙이라고 했다.

"엄마한텐 이번엔 진짜라고 말해. 근데 어젠 '내가 지금 엄마한테 사기를 치나?' 싶더라."

이래는 걸음을 늦춘 뒤 흘긋 나의 반응을 살폈다.

"이래야, 근데 우리가 사기 치는 거 다 알걸. 그니까 반은 사기고 반은 아닌 거야."

내 말을 마음에 들어 하는 눈치였다. 우리는 다리로 되돌아갔다. 헤어질 때가 되자 슬슬 민망했다. 적당한 인사말을 찾기 어려워 나는 "만나서 반가웠다!" 인사했다. 이래는 "'만나서 반가웠다'가 뭐냐!" 타박하며 웃었다. 나는 다리를 다 건넌 뒤에도 뒤돌아보지 않았다. 이래는 저 멀리 걸어가고 있을 것이었다.

장기자랑이 시작된 모양인지 구성진 멜로디가 들려왔다. 한적해진 먹거리 부스에서 엄마를 금세 찾을 수 있었다. 배고프다고 떼쓰자 엄마는 접시에 떡볶이를 수북이 담아 건넸다. 부스 맞은편에 앉아 떡볶이를 먹는데, 걸음마가 어설픈 아기가 나를 향해 다가왔다. 왜 나한테 오지? 고개를 갸웃대자 아기도 고개를 갸웃댔다. 못 본 체할 수 없어 나는 아기를 향해 한 손을 잼잼 쥐었다. 그러자 아기가 자리에 멈춰 서서 웃기 시작했다. 너무 웃다 중심을 잃은 아기가 엉덩방아를 찧을 뻔할 때, 아기 엄마가 달려와 아기를 번쩍 들어 올렸다.

"좋나 보네. 언니가 좋나 보네."

아기 엄마는 내게 눈인사를 건넨 후 자리로 돌아갔다. 그때, 머리가 핑 돌더니 몸 곳곳의 매듭이 풀린 듯 힘이 빠졌다. 떡볶이가 매워서 그런가? 아니면 날이 더워져서? 나는 급히 부스에 가 엄마에게 물을 달라고 청했다. 놀란 내가 증상을 설명하자 엄마가 말했다.

"아아, 춘곤증이네."

겨우내 움츠려 지내면 그런 증상이 나타날 수 있다고, 매일 살살 움직이고 제철 음식을 먹어 줘야 봄을 개운하게 맞을 수 있다고. 나는 물을 천천히 마시며 어느덧 시작된 봄에 대해 생각했다.

오픈마이크

삼각지역 인근 호프집, 2024년 5월 26일, 5PM, 관객 일곱 명

페미니스트 좋아들 하시나요? 그러면 채식주의자는요? 다음 나오실 분은 무려 페미니스트에 채식주의자입니다. 한국 스탠드업 코미디씬의 섹시 다이너마이트 원소윤!

안녕하세요, 섹시 다이너마이트입니다. 네, 첫 번째 농담이었고요. 오해가 있는 것 같은데 저는 페미니스트 아닙니다. 순수하게 저 개인적으로 못생긴 거예요. 우리 페미니즘한테 뭐라고 좀 하지 마세요. 페미니즘 때문에 제 얼굴이 이렇게 된 게 아니라고요.

보시다시피 채식을 하고 있어요. 그래, 맞아요. 채식 때문에 제 얼굴이 이렇게 된 건 약간 맞아요. 이 안광이며 혈색, 아무한테서나 볼 수 있는 게 아니거든요. 채식주의자로 사는 일에는 여러 재미가 따른답니다. 그중 가장 예상하지 못했던 건 바로 예상하지 못한 질문을 받을 수 있다는 거예요. 지난번에 누가 그러는 거예요.

"야, 거기, 채식주의자! 일로 와 봐."

사실 아무도 이러진 않았는데 그냥 한번 해 봤고요. 이렇게 질문하더라고요.

"저기 혹시 유산균 드세요? 살아서 장까지 간다는데."

웃지 마세요. 그분은 진지했다고요. 저도 진지하게 답했죠.

"정말 죄송합니다. 고백하건대 매일 아침 제 장에서는 유산균 대학살이 벌어져요."

채식주의자한테 바보 같은 질문 좀 그만하세요. 채식한다고 좋은 사람인 건 아니거든요, 보시다시피요. 저는 제인 구달도 아니고 애니멀 커뮤니케이터도 아니니까 반려동물 사진 좀 그만 보여 주세요.

솔직히 예수님의 희생은 그리 대단한 것도 아니에요. '식용' 동물들이랑 비교하면 정말 그래요. 그야 물론 예수님이 "내 살이요, 내 피이니라." 말씀하셨지만 그건 일종의 상징일 뿐 신자들은 밀떡과 포도주를 나눠 먹잖아요. 근데 동물들은 말 그대로 인간한테 통째로 잡아먹히죠. 부활 없이, 제자 없이, 신화 없이. 자, 채식주의자 이미지 실추는 여기까지만 하겠습니다.

서울대를 졸업했어요. 아, 못 들으셨어요? 저는 서울대 출신입니다. 대박이죠. 끝날 때까지 서울대 얘기 스무 번은 더 할 거예요. 저는 서울대 출신입니다. 저희 집은 유서 깊은 블루칼라 집안이고요. 그러니까 저를 좀 보세요, 머리끝부터 발끝까지 한번 보세요. 저는 계층 이동의 사다리에서 완전히 미끄러졌습니다. 여러분, 기술을 배우세요. 근데 저는 제가 블루칼라 집안 출신인 게 좋아요. 좀 든든하달까? 참고로 '죄수복'도 블루칼라인 거 아시죠?

비도 오고 하니까 무서운 얘기 하나 들려 드릴게요. 직접 겪은 일인데요. 바야흐로 여름이었어요. 저는 자습실에 혼자 남아 있었죠. 근데 자정 무렵에 뒤쪽에서, 저기 문제집 뒤쪽에서 제가 모르는 문제가 나온 거예요. 여러분, 모르는 문제 본 적 있어요? 저는 그날 처음 봤는데 너무 놀라서 식은땀이 줄줄 나고 숨이 안 쉬어지더라고요. 그때만 생각하면 지금도 머리가 아파요. 이거 서울대에서는 빵빵 터지는 공감 유머인데 아무도 몰라 주시네요. 여러분, 제가 더 섭섭해요.

서울대를 졸업했어요. 앞으로 열다섯 번만 더 얘기할게요. 견디세요. 서울대를 졸업했는데요, 서울대생처럼 생겼다, 그런 말은 들어 본 적 없습니다. 서울대 갔어야 할 것처럼 생겼다는 말은 자주 들어요. 참고로 저는 지금 탈코르셋을 한 게 아닙니다. 코르셋을 어떻게 차야 하는지 몰라서 이러고 있는 거예요. 저도 뭐, 왕초

보 메이크업 영상 공부해 봤어요. 근데 저한텐 무쌍 아이라인 그리는 게 삼각함수 문제 푸는 것보다 어렵더라고요.

근데 저는 섹시한 거 좋아하거든요. 나중에 섭외되고 싶은 프로그램? 「유퀴즈 온 더 블럭」 아니에요. 「투 핫」이에요. 넷플릭스 카테고리로 따지면, '아찔하고 발칙하게', '배꼽 빠지는 인생사' 이쪽 썸네일에 나오고 싶다고요. 더구나 종교학 전공했다고 하면 다들 저랑 '인생의 목적'에 관한 진지한 대화를 하고 싶어 하는데 저는 그 시간에 「동창회의 목적」 한 번 더 보고 싶어요.

그래도 어제 애인이랑 아찔하고 발칙한 시간을 보냈어요. 글쎄, 어제 애인의 전 여친한테 연락이 왔거든요.

'자니?'

솔직히 요즘 권태기였거든요? 근데 그 문자를 보니까 애인이 되게 섹시해 보이는 거예요. 절대 놓치면 안 될 것 같고. 그래서 오늘 애인을 데리고 본가에 갔어요. 부모님께 애인을 소개시켜 줬는데 아빠가 악수를 청하면서 그러더라고요.

"철없고 부족한 소윤이를 만나 줘서 너무 고마워요."

애인이 허리를 숙이면서 답하더라고요.

"어리고 맘 약한 소윤이를 늘 지지해 주셔서 감사합니다."

다음으론 엄마가 그래요.

"까탈스러운 성격 받아 주느라 고생이 많아요."

애인이 허리를 더 깊이 숙이면서 답하던데요.

"두 분이 더 고생 많으셨죠. 그저 감사할 따름입니다."

다들 절 어떻게 생각하고 있는 거예요.

실종 안내 문자가 와요. 화제 전환됐어요, 잘 따라오세요. 실종 안내 문자가 오잖아요. 여러분한테도 오잖아요. 저한테 개인적으로 오는 거 아니잖아요. 저한테만 오는 거면 너무 무서울 것 같은데요? 문자를 보면 인상착의가 나란히 적혀 있어요. 회색 재킷에 갈색 바지. 근데 솔직히 어느 누가, 지나가는 할아버지 착장을 유심히 봅니까.

"어, 가을 웜톤에 셔츠 레이어드 한 거 보니 박필만 할아버지다!"

아무도 이러지 않는다고요. 차라리 이런 식으로 정보를 주는 게 효과적이겠죠.

'박필만(남, 89세) 씨를 찾습니다. 170cm, 50kg. 위고비 처방받은 이순재 느낌.'

확 꽂히잖아요. 박필만 할아버지를 알아보기가 훨씬 쉽잖아요. 실종자를 찾아다니는 전문 유튜브 채널이 만들어질 수도 있고요. 실종자를 찾는 과정이 너무 재밌어서 모두가 동참하게 될 수도 있어요.

실종 안내 문자가 와요. 굉장히 자주 와요. 세상에 실종자가 이렇게 많은 줄은 미처 몰랐어요. 한번은 친구랑 제 휴대폰이 동시에 요동치길래 깜짝 놀랐어요. 친구가 황급히 휴대폰 화면을 확인하더니 별일 아니라는 듯 쓱, 뒤집더라고요.

"아아, 그냥 실종."

그만큼 실종이 많다고요. 친구의 말을 듣고 저 또한 안심했다니까요. 심지어는 박필만 할아버지도 본인 신상이 적힌 실종 안내 문자를 받고 이랬을 수 있어요.

"아아, 그냥 실종."

할아버지가 그랬다면 좋을 것 같아요.

저번에도 이 비슷한 농담들을 했는데 한 관객한테 DM이 왔어요. 혹시 우울하다거나 부정적인 생각이 든다거나 하냐고요. 딱 말씀드릴게요. 정확히 보셨는데요. 그래도 저 자살은 안 합니다. 걱정하지 마세요. 아니, 제가 자살을 해 봤자 뻔히들 이럴 거 아녜요.

"그러게 고기를 안 먹으니까, 자살하고 싶어진 거 아냐?"

무려 자살을 하고도 납작하게 해석될 거라고요. 살아생전 별 뜻 없었던 제 행동거지도 자살의 징후였던 양 언급되겠죠.

"검정 옷만 입을 때부터 알아봤어. 아, 그리고 코에 피어싱했었지? 그때 눈치챘어야 해."

차라리 이렇게 의미 부여해 주시면 안 될까요?

"아아, 맞다. 얘 서울대잖아. 그것도 종교학과!"

지금까지 원소윤이었습니다.

바르게 살자

★

 윗몸을 일으키자 잠든 애인의 짙은 눈썹이 꿈틀댔다. 미안한 마음과 함께 머리가 지끈거렸다. 간밤의 기억이 다 된 전구처럼 머릿속에서 깜빡였다. 그러니까…… 신입 맞이 회식 후, 만취해 귀가하는 길에 혼자 꽈당 넘어져 아랫입술이 찢어졌고, 허허실실 웃으며 제 발로 응급실에 찾아가 두 바늘을 꿰맸고, 헐레벌떡 도착한 애인의 부축받으며 귀가한 것이 어젯밤 일이었다.

 나는 애인에게 내가 건재하다는 사실을 과시하기 위해 운동복으로 갈아입고 집을 나섰다. 5분간의 준비운동, 30분간의 파워 워킹! 처음엔 입술 탓에 어색하고 불편했지만 차차 호흡의 리듬을 찾았다. 뒷머리가 다 축축해질 만큼 땀을 흘리고 나니 몸이 한결 가벼워진 것 같기도.

운동을 마치고 이사한 원룸으로 돌아가는 길, 신호등 앞에서 살살 발목을 돌리며 정자에서 장기 두는 할아버지들을 흘끗 보았다. 그 모습을 보니 세상 마음이 느긋해졌다. 노인들의 목소리가 정자 안팎을 두런두런 맴돌았다. 횡단보도 맞은편에는 크고 누런 개가 있었다. 개는 놀랍게도 하늘을 보고 있었다. 하늘을 보는 개라니, 난생처음 보는 광경에 나는 실소하고 말았다. 초록 불이 켜진 뒤, 횡단보도를 건너는 중에도 개는 하늘을 보았다.

그래, 술은 이제 그만하자. 아니, 그럴 것까지는 없고 과하게 마시지만 말자. 지난밤, 땅에 입술을 들이받기 전, 식당 변기를 붙잡고 꽥꽥 토하고는 기진맥진해져 침을 질질 흘린 기억이 떠올랐다. 정말이지 이런 짓들은 모조리 그만두자 싶었다. 나는 이제 슬프지 않고 크게 바라는 것도 없으니 그렇게까지 술을 마실 필요가 없었다.

도착해 보니 애인이 밥을 짓고 있었다. 다친 몸으로 운동하고 돌아온 나를 어처구니없다는 듯 바라보는 애인. 나는 기세 좋게 인사하며 접이식 탁상에 수저를 놓았다. 걱정시켜 미안했다, 다시는 이런 일이 없게 하겠다, 벌써 몇 번째이긴 하지만 이번엔 진짜다, 이런 말들이 너무 순조로이 뱉어져 나 자신이 뻔뻔하게 느껴졌다. 곧 식탁 위에 순두부찌개와 김과

쌀밥이 차려졌다. 참으로 안정적인 궁합. 나는 찢어진 입술을 뻐끔대며 순두부를 훌훌 넘겼다.

"천천히, 천천히."

애인은 이외엔 별말이 없었다. 애인은 원래도 말수가 적었기에 뒤늦게 눈치볼 필요는 없었다. 그럼에도 애인을 똑바로 바라보기가 힘들었다. 두 눈에 실망이 비칠까, 걱정이 비칠까. 거기 담긴 걸 읽어 내고 내가 어떤 미래를 점치게 될까. 수정 구슬 같은 두 눈을 들여다볼 용기를 내지 못했다. 나는 그릇을 깨끗이 비운 뒤 기운차게 설거지했고 씻기 위해 화장실에 들어갔다.

소독하러 언제 오라고 했더라. 거울 앞에 섰는데 이제 보니 윗입술까지 잔뜩 부어 있었다. 정말 형편없네, 이런 꼴로 자신만만하게 굴었다니. 낯빛을 확인하자 순식간에 어지럼증이 몰려왔다. 너무 무리했나. 급히 먹었나. 얼굴이 하얗게 질려 갔다. 손바닥과 이마에 땀이 맺히는 게 느껴졌다. 촉촉해진 팔뚝을 내려다보며 신기해했다.

식은땀을 쏟고 나자 힘이 빠져 차가운 화장실 바닥에 그대로 드러누웠다. 내가 언제, 어떻게 죽을지 이따금 궁금했는데 나 이렇게 죽나 봐. 이런 생각마저 그리 극단적인 것 같지 않았다. 감히 죽음을 떠올린 게 민망하게도 차차 기운이 돌아왔다. 다친 입술을 조심스레 다루며 샤워를 마쳤다.

애인은 침대에 비스듬히 누워 휴대폰을 보고 있었다. 나는 그에게 바짝 다가가 방금 겪은 일을 낱낱이 고했다.

"급체했나 봐. 나 죽을 뻔했어."

마치 급체를 혼내 달라고 고자질하듯. 애인은 어떡하지, 잠시 헤맸고 나는 일단 약을 먹은 뒤 누워 있어 보고 싶다고 했다. 이제는 동정을 사고 싶어져 괜히 엄살 부리며 마른기침을 했다.

약을 먹고 침대에 웅크려 있는데 명치 쪽이 조여 와 낑낑 소리가 절로 났다. 안 되겠다 싶었는지 애인은 나를 침대 중앙에 가지런히 눕히고는 내 팔다리를 주무르기 시작했다. '체했을 때 지압법'을 방금 검색해 보았다며. 악 소리가 절로 나왔다. 나는 발버둥치며 잘못했다고 싹싹 빌었다. 애인은 지압하는 일이 자신의 사명이 된 양 나를 놓아주지 않았다.

"아프면 잘되고 있는 거야. 여기 합곡혈은 세게 눌러 줘야 한대."

애인은 내 몸과 휴대폰 화면을 번갈아 보며 지압 위치와 효과를 확인했다. 엄지와 검지 사이 합곡혈을 누른 뒤엔 손목 부근 내관혈을 눌렀고 다음으론 명치와 배꼽 사이 중완혈을 꾹꾹 눌렀다. 그런데 이게 어찌 된 일인지 참기 힘들 만큼 방귀가 차오르기 시작했다.

"저기…… 자꾸 방귀가 나오려고 해."

나는 내가 방귀를 뿡뿡 뀌는 것도, 애인이 방귀를 뿡뿡 뀌는 것도 좋아하지 않았기에 애가 탔다. 애인은 듣던 중 반가운 소식이라는 듯 말했다.

"그럼 잘되고 있는 거야. 중완혈을 누르면 가스가 배출되는 게 맞거든."

나는 속수무책으로 방귀를 뀌기 시작했다. 풍, 핑, 뽕, 픽, 푹……

살면서 이런 일을 다 겪다니, 중완혈 지압은 실로 강력했고 나는 수치스러웠다.

그렇게 방귀를 계속 뀌다 보니 다른 수치스러운 기억들이 하나둘 나를 엄습했다. 나는 왠지 나 자신을 포기하는 심경이 되어 그때까지 애인에게 해 본 적 없는 이야기를 주절주절 늘어놓았다.

"사실 설사하면서 동시에 토한 적이(뽕) 몇 번 있어. 물 같은 똥이 나오는 느낌, 설사 떨어지는 소리가 역겨워서. 설사하면서 토하는 거 정말(퐁) 수치스러워. 눈물이 날 정도로. 이번에 사주 봤잖아. 나한테 비위가 약하다는 거야. 그 얘기를 듣자마자(픽) 설사가 생각나더라."

애인은 말했다.

"그래, 너 비위 약해."

나는 어떻게든 방귀 소리와 냄새를 향한 주의를 분산시키고자, 나를 계속 가엽게 여기게 만들고자 서둘러 다른 이야기를 꺼냈다.

"비위, 비위······. 중학생 때, 하루는 너무 외로운데(뽕) 거기서 거기인 주변 사람들이랑은 놀고 싶지 않은 거야. 그래서 이명박한테 편지를 썼어. 당시 대통령이었으니까. '존경한다, 응원한다.' 그렇게 보냈지. 청와대로(핑) 편지를 보내면 답장을 꼭 받을 수 있다는 얘기도 어디선가 들었고. 근데 정말로 답장이 왔어. 그래 봤자 타이핑 된 거였지만. 치릴로가 물려준 보석함에 넣어 놨어. 지금도 있을 거야."

나는 애인에게 이런 메시지를 전달하고 싶기도 했다. 들었지, 자기가 나를 외롭게 하면 나는 다른 사람한테 편지를 보내고 마음도 줘 버릴 수 있어. 상대가 이명박이라 할지라도.

손끝이 아리고 어깨가 뻐근해졌는지 애인은 지압을 멈추고는 곁에 나란히 누웠다. 나는 몸을 옆으로 누이고 애인의 옆얼굴을 바라보았다. 애인은 눈을 감은 채로 내게 말했다.

"너 이렇게 다친 거 옐로카드야."

옐로카드라니, 웃음이 새어 나왔다. 안도하다 못해 과감해진 나는 애인의 배 위에 다리를 털썩 올리며 물었다. 레드카드를 받으면 과연 나는 어떻게 되느냐고. 애인은 잠시 미간을 찌푸렸다.

"그다음엔······ 레드카드 두 장이지."

나는 더욱더 갈급해져 애인의 목을 꼭 끌어안았다. 그다음엔? 그다음엔?

"그다음엔 세 장……?"

목이 메어 더는 물어볼 수 없었다. 애인은 사랑으로 나를 부끄럽게 만들었다.

★

 엄마의 병실은 6인실이었다. 엄마와 내가 도착했을 때, 이미 그곳은 사람이 내는 소음과 사람이 풍기는 냄새로 가득 차 있었다. 그러니까 뭐, 사람이 많았다는 말이다. 보호자 포함 열몇 명? 마침 엄마 침상이 창가 자리여서 나는 바로 창문을 열어젖혔다. 한쪽 벽을 탁 틔운 듯한 상쾌함! 1월에 부는 겨울바람의 청량함! 소음과 냄새는 썰물처럼 빠져나가고 병실의 기압은 나의 허리, 정강이를 지나 복사뼈까지 낮아지고 있었다. 그때 여기저기서 노골적인 항의의 목소리가 들려왔다.
 "어후, 추워."
 "언니, 담요 좀."

나는 아무 일도 없었다는 듯 창문을 슬며시 닫았다. 어깨를 으쓱하며 엄마를 보았는데 엄마는 고통에 신음하느라 경황이 없었다.

'그래, 나는 보호자야. 혼자 걷다 넘어져 어깨뼈가 세 동강 난, 이 가여운 사람을 보호해야 한다고. 시골 학교로 전학 온 샌님처럼 굴지 말자.'

이러나저러나 쭈뼛대며 짐을 풀었고 간간이 고개 들어 사람들을 흘끗 살폈다. 모두들 너무나 사적인 자세로 드러누워 있는 데다 민낯이었다. 나는 건조한 내 두 뺨을 쓸어내렸다. 누구와 말 한마디 섞지 않았음에도 왠지 허심탄회한 대화를 나누고 있는 듯한 피로감. 나는 침상 주위로 커튼을 둘러쳤다.

"거, 커튼이 TV 다 가리네."

나는 아무 일도 없었다는 듯 다시 커튼을 열어젖힌 뒤 커튼의 매무새를 정돈했다.

엄마는 예정된 시각에 맞춰 수술실로 향했다. 나는 보호자 대기실에 자리를 잡았다. 수술 경과를 알려 주는 모니터에 엄마에 관한 정보가 두둥실 떠올랐다.

'윤영*, 여, 60, 수술 대기'

그러니까 저기 저 '윤영*'가 가리키는 사람이 엄마라는 거지? 순간 의아했다. 그러니까 나의 엄마가 '윤영*'이고 여자이고 예순이고 수술 대기 중이라는 거지?

그 순간 내가 받아들일 사실은 딱 그것뿐이었는데도 선뜻 받아들여지질 않았다. 내 눈앞에 어쩌다 이런 종류의 사실이 다소곳이 놓이게 된 걸까. 나는 뒷짐 지고 고개 떨군 채 복도를 걷기 시작했다. 막다른 길에 다다르면 벽을 짚고 돌고 또 벽을 짚고 돌았다. 몇 바퀴쯤 돌았으려나, 수술이 시작되었고 나는 대기실에 앉아 내가 아는 사람 중 가장 세련된 친구에게 추천받은 책 『현대미술 강의』를 펼쳐 읽었다.

'2장에서 살펴본 대로, 전성기 모더니즘은 분석적 입체주의에서…… 수술 중에 마취에서 깨어나는 경우도 있다던데으, 끔찍해. 이런 순수 추상은 초기 모더니즘에 남아 있던 재현의 잔재를 말소했다는 점에서…… 수술이 세 시간이면 끝난다는 아까 그 의사 말 대체 뭐야. 일주일만 입원하면 된다는 뉘앙스는 또 뭐고. 그래, 자기한테는 큰일 아니라는 거지. 그러나 이제 벽화를 방불케 하는…… 이런 일을 다시는 겪고 싶지 않아, 다시는.'

2배속 할 수도, 10초 후로 넘길 수도 없는 천연 그대로의 시간. 저 멀리 벽에 기대 쪼그려 앉은 젊은 여자가 보였다. 저 사람도 나와 비슷한 처지일까. 나는 그에게 다가가 나를 한 대만 때려 달라고 부탁하고 싶었다. 잠깐 기절하고 싶거든요. 다시 눈 떴을 때, 이 모든 상황이 정리되어 있으면 하거든요.

그러고 보니 기가 찼다. 아까 병원 유니폼 입은 사람들, 그들이 누구인 줄 알고 엄마를 맡긴 걸까. 엄마를 마취하고 피부를 째고 뼈를 맞추도록 맡긴 걸까. 신용을 알 수 없는 이들에게 거금을 넘긴 기분이었다. 시간도 남아나겠다, 기도나 해 볼까 싶었지만 신앙심을 잃은 지 오래여서 기도의 샘이 바짝 말라 있었다. 그 누구를 향한, 그 무엇을 향한 어떠한 믿음도 샘솟질 않았고 가장 믿을 수 없는 건 단연 엄마였다.

이미 몇 달 전, 엄마는 죽을 뻔했다. 퇴근길, 엄마는 이런저런 생각에 잠겨 걷고 있었다.

'새해엔 내가 환갑이네, 하나둘 나이를 먹다 보니 환갑이야. 살면서 많은 일이 있었지. 어떤 일은……'

이런 생각을 하며 걷다 클랙슨 소리에 화들짝 정신 차려 보니 6차선 사거리 정중앙에 저 혼자 우두커니 서 있었다나. 신호도 횡단보도도 살피지 않고 그곳까지 하염없이 걸어 들어가 있었다나. 엄마는 클랙슨 소리에 놀라고 엄마를 포위한 헤드라이트에 놀란 나머지 사방을 향해 허리 숙여 인사했다.

"죄송합니다, 정말 죄송합니다."

엄마는 그렇게 인사한 탓에 오히려 더 미친 사람으로 보였을 거라고 했다. 당연한 소리였다.

그 일이 있고 몇 달이 지나 혼자 넘어진 것이었다. 그것도 하루에 몇 번을 지나는 아파트 단지 후문 샛길에서. 땅에 어깨를 부딪치며 넘어진 시각은 밤 9시 무렵. 길을 지나는 사람, 도움 청할 사람이 없는 데다 오른팔을 들어 올릴 수도 없어 엄마는 일단 앉아 있어 보았다. 앉은 자리에서 우리 집이 보였는데 불러 봤자 전혀 안 들리겠지 싶어 한참을 그냥 올려다봤다고.

엄마는 워낙 빨빨거리며 살아왔다. 그러다 언젠가 한 번은 콩 넘어질 것 같았다. 뭐, 사람이 넘어질 수 있고 다칠 수도 있지 않겠나. 어쩌면 그런 일은 앞으로 왕왕 생길지 몰랐다. 내 마음을 진짜 안 좋게 한 건 엄마가 혼자 멀뚱히 앉아 익숙한 밝기의 빛이 새어 나오는 우리 집 창을 가만 올려다보고 있었을 시간. 목 타고 어지러운 시간 아니었을까. 그 시간을 상상하자 절로 기도가 나왔다. 저기, 다른 건 모르겠고요, 그렇게 막막한 시간을 다신 겪지 않게 해 주세요!

마취에서 깨어나자마자 엄마는 고통을 호소했다. 통증이 수술 부위를 향해 피라냐 떼처럼 몰려오는 모양이었다. 나는 두 손 놓고 바라만 보다 간호사에게로 달려갔다. 진통제를 맞자 잔뜩 꼬여 있던 엄마의 미간과 콧잔등이 차차 풀어졌다. 그때 옆 병상의 붉은 머리 간병인이 말을 걸어왔다. 진통제를 자주 맞으면 상처 회복이 더뎌지니 참고하라고. 원래라면 나는 그 이야기를 흥미롭게 들었을 것이다.

'진통제에 관한 낭설이 참 많은데 여기에는 고통에 관한 어떤 이데올로기가 깔려 있으려나.'

이런 생각을 하며 나 혼자 흐뭇하게 잘난 척할 수 있었을 거다. 그렇지만 여기 엄마가 있었고 엄마는 그의 말에 귀 기울이고 있었다. 나는 씩씩거리며 다시 달려 나가 간호사를 모셔 왔다.

"진통제 투여와 상처 회복 속도 사이 어떤 상관관계가 있는지 설명해 주시죠."

내 체면도 있고 해서 이 글에는 점잖은 버전으로 다듬어 옮겨 적었다. 실은 영락없이 고자질하는 어투였고 목소리도 상당히 떨렸으며 문제의 간병인을 좀 흘겨보며 말했다. 간호사는 진통제를 주사한다고 회복이 더뎌지는 건 아니라고, 아프면 참지 말고 진통제를 맞아야 한다고 했다. 판정승한 나는 기세등등해져 간호사를 병실 문 앞까지 정중히 배웅했다.

기쁨도 잠시, 알고 보니 진통제에 어떤 이면이 있긴 했다. 엄마는 통증이야 가라앉았지만 하늘이 뱅글뱅글 돈다고 했다. 붉은 머리 간병인은 곁에서 이야기를 다 듣고는, 그렇게 될 줄 진작 알고 있었다는 듯 말했다.

"글쎄, 진통제가 독해서 그렇다니까."

자기가 한 말은 이런 종류의 경고가 아니었으면서 어후, 얄미워. 엄마는 계속해서 토하더니 물까지 다 토했다. 게울 힘마저 없어 지쳐 쓰러진 엄마. 내가 할 수 있는 일이라곤 30분 간격으로 얼음 찜질팩을 교체하는 일뿐.

수술 부위가 무진장 뜨거운 모양이었다. 직접 만지지 않고도 알 수 있었다. 얼음이 자꾸자꾸 녹아내렸기 때문이다. 찜질팩이 금세 흐물흐물해졌기 때문이다. 엄청나게 차가운 얼음을 갖다 대는데도 엄마는 자꾸 잠들었다. 엄마가 자꾸 잠들어서 사실 좀 무서웠다.

나는 간이침대에 앉아 엄마의 손을 잡고 이불에 이마를 묻었다. 그렇게 눈 감고 공용 TV에서 방영 중인 드라마의 스토리를 귀로 들었다. 돈과 살인, 로맨스를 둘러싼 일들이 잔뜩 뒤얽혀 처참하기 그지없었다. 병실 사람들은 탄식했고 그러다가도 웃었다. 나는 '뭐가 그렇게 분해요.', '뭐가 그렇게 웃겨요.' 궁금해하다가 설핏 잠들었다.

"여어, 저녁."

누군가 등을 두드리기에 깨어났다. 엄마는 여전히 잠들어 있었다. 병실 입구에서 식판을 받아 자리로 돌아와 보니 침대 위에 햇반 하나가 놓여 있었다. 어리둥절해하고 있는데 붉은 머리 간병인이 냉장고에서 반찬통을 꺼내 들고 지나가며 말했다.

"밥 신청 안 했던데?"

고개 숙여 감사하다 인사했는데 그가 맞은편 파마머리 간병인을 턱 끝으로 가리키며 저쪽이 줬다고 했다. 나는 두 사람 모두에게 감사하다고, 감사하다고 연신 인사했다. 엄마는 밥을 아주 조금 떴고 천천히 씹었다. 반찬을 골고루 집어 숟가락 위에 얹어 주었는데 엄마는 밥만 먹고 싶다며 숟가락을 기울여 반찬을 떨어뜨렸다.

"먹어야지, 어쩌려고."

파마머리 간병인이 나를 나무라듯 말하기에 억울했는데 다시 보니 나도 밥을 안 먹고 있었다. 나는 보란 듯이 햇반을 크게 떠먹었다.

나는 다른 간병인들을 곁눈질하며 그들이 환자를 어떻게 돌보는지 관찰했다. 그들은 TV를 보며 환자의 팔다리를 주무르고 간이침대에 누워 잠시 휴대폰 게임을 하다, 다시 일어나 대소변을 받아 냈다. 그 업무 스타일이 뭐랄까, 지극정성과는 거리가 멀었고 직무 유기와는 더욱 멀었다. 그들은 진짜 베테랑이었다.

밤이 깊어지자 붉은 머리 간병인이 "잡시다." 하며 병실 불을 껐다. 복도에서부터 들어오는 빛 때문인지 아주 깜깜해지지는 않았다. 이마 쪽에 팔을 얹어 두 눈을 가리는, 간병인들 수면 자세의 기원을 알 듯했다. 밤새 "코드 블루, 코드 블루!" 하는 원내 방송이 들려왔다. 나는 얼떨떨해하다 결국 잠들었다.

수술하고 24시간이 훌쩍 지나고서야 엄마는 기운을 차렸다. 엄마는 주스 한 잔을 깨끗이 비우더니 이제 아빠에게 소식을 전해도 괜찮겠다고 했다. 그렇다. 그때까지 아빠는 영문을 모르고 있었다. 이게 어찌 된 일이냐 하면, 엄마는 공사장에서 중노동하는 아빠에겐 어떤 소식이든 조심스레 전하곤 했다. 아빠처럼 위험한 일을 하는 사람에게는 이러쿵저러쿵 말을 쉽게 전하는 게 아니라고. 엄마 삶에 근거한 철칙이었다.

"마음이 심란해져서는 일하다 삐끗한다고 생각해 봐."

쥐방울만 한 엄마가 황소 같은 아빠를 그렇게까지 걱정한다는 게 우스웠지만 일단 알겠다고 했다. 아빠에게 연락해 엄마 손가락뼈에 이상이 있어 입원해 있으니 주말에 집이 아닌 병원으로 곧장 오라고 전했다.

아빠도 참 유난이었다. 천혜향에 과일 주스까지 사 온 폼이란. 엄마가 좋아하는 하리보 젤리도 야무지게 챙겨 왔더라. 병원 로비로 마중 나간 나는 아빠를 만나자마자 사실을 폭로해 버렸다.

"아빠, 손가락뼈가 아니라 어깨뼈야, 글쎄 어깨뼈가 세! 동! 강! 나 버렸다구."

짐을 나누어 든 듯 마음이 한결 홀가분해졌다. 솔직히 묘한 쾌감마저 느꼈다. 메롱, 아무것도 몰랐지롱. 아빠가 철딱서니 취급해 온 내가 연차를 쓰고 대전에 와서 엄마를 보살폈다 이 말이야.

정작 아빠는 내 기대만큼 놀라지 않았다. "이게 무슨 일이야." 잠시 당황하더니 이내 마음가짐을 추슬렀다. 그러고는 병실에 들어서자마자 "자기, 머리는 감았어?" 물었고 곧장 엄마의 머리를 감겨 주었다. 감기까지 걸리면 큰일이라며 물기도 꼼꼼히 말려 주더라. 엄마는 세상 개운하다며 기뻐했고 주스를 연거푸 들이켰다. 아빠는 빨래까지 마친 뒤 젖은 수건을 창문턱에 널었다. 두꺼운 두 손을 두꺼운 허리춤에 올리고 창밖을 물끄러미 내다보다 유리창에 붙은 글라스 데코를 손끝으로 꾸욱 눌렀다.

"이건 문어야, 해파리야."

아빠는 스티커 때문에 꼭 소아과 병동에 온 것 같다고 했다.

엄마보다 두 살 많은 아빠는 환갑이 되자마자 타투를 했다. 오른쪽 팔뚝에 하나, 왼쪽 가슴에 하나. 팔뚝에는 엄마와 오빠 그리고 내가 나란히 앉아 있는 모습을 새겼다.

하루는 한여름에 소피아가 있는 요양원에 다 같이 방문했는데 소피아가 내 바지 길이가 짧다고 지적하기에 나는 황급히 화제를 전환하려 아빠 타투 얘기를 꺼냈다.

"아니, 할머니. 아빠는 문신을 새겼어. 여기 봐 봐."

나는 아빠의 옷소매를 걷어 올린 뒤 팔뚝을 끌어 소피아

눈앞에 들이밀었다. 소피아는 두 눈이 휘둥그레져 아빠에게 물었다.

"자네는 어디 가고 셋만 있나."

아빠는 겸연쩍어했다.

"이게 제 몸이니까요. 따로 안 새겼습니다."

친가 사람들이 워낙 색기가 강했기에 나는 모름지기 아빠에게도 내연 관계가 있겠거니 생각했는데 아빠가 그 타투를 새긴 이후로는 의심을 완전히는 아니고 살짝 거두었다. 그런 타투를 하고 혼외정사를 나눈다라, 웬만큼 변태가 아니고서야 어렵지 않을까. 그렇다면 과연 아빠의 왼쪽 가슴에는 어떤 타투가 새겨져 있느냐, 기대하셔도 좋다. 두구두구두구두. 심장 박동 심볼과 함께 다음 문구가 새겨져 있다.

'나는 장기/조직 기증을 희망합니다.

Korea Tower-Crane Pilot.'

정말이지 이 타투에는…… 놀릴 부분이 다소간 있지만 굳이 짚지 않고 넘어가겠다.

장기 기증에 대해서만 잠깐 말하자면 장기 기증 또한 아빠가 환갑을 맞아 내린 선택이었다. 아빠한테 환갑, 대체 뭐였을까. 아빠는 환갑 이후로 탤런트 김보성 아저씨 같은 선택만 내리기로 작정한 걸까. 사실 나는 아빠가 장기 기증 신청했다는 소식을 듣고 처음에는 기분이 언짢았다. 아빠의 '장기'라니, 일단 그것이 낯설었다. 나는 난생처음 아빠의 장기에 대해 생각했다.

아빠의 심장, 아빠의 신장, 위장, 십이지장 그리고 아빠의 눈. 그것들이 미끄덩 꺼내어지고 뿔뿔이 흩어지고 다른 몸에 들어가 자리 잡고 다시 기능할 거라는 사실에 배신감을 느꼈다. 게다가 그렇게 다 흩어져 버리면, 나중에 만에 하나 아빠가 그리워졌을 때 나는 어디에 가야 하나, 누구를 찾아가야 하나. 무엇보다 아빠가 자신의 죽음과 관련한 결정을 벌써부터 내린 점이 서운했고 재수 없었다. 소식을 듣고 기분 상한 티를 팍팍 내고 있는 내게 아빠가 말했다.

"장기를 줄 수 있는 상황이어야 장기를 줄 수 있는 거야. 나중에 아빠 장기가 기증되잖아? 그럼 참 잘된 일이다, 그렇게 생각하면 돼."

놀랍게도 그 얼렁뚱땅한 말이 내게 위안을 주었다.

엄마와 아빠가 그간 못다 한 이야기를 나누고 있던 때, 원내 신부님과 수녀님이 병실을 찾았다. 가톨릭계 병원이어서인지 입원 수속 중에 종교 여부를 묻더니 가톨릭 신자임을 알고 안수 기도를 해 주러 온 모양이었다. 수녀님이 세례명을 물어, 아빠가 나와 아빠, 엄마를 차례로 가리키며 답했다.

"마리아와 로무알도, 로무알다입니다."

수녀님은 두 분이 세례명을 맞춰 지으신 거냐 물었다. 둘은 서로를 잠시 바라보았고 엄마가 입을 열었다.

"비슷하면 좋지 않을까 해서요."

두 사람은 첫애를 교통사고로 잃은 이후, 천주교에 나란히 입교했다. 그러고는 치릴로와 소피아도 따라서 입교한 것이었다.

우리는 다 같이 기도문을 외웠다. 신부님이 엄마 머리 위에 손을 얹고 카리스마 있게 기도했다. 손에 힘이 들어갈 때마다 엄마의 목이 어깨 쪽으로 움츠러들었다. 기도를 마친 후에는 성체(聖體)를 모셨다. 눅눅하고 얇은 뻥튀기 같은 성체의 맛, 실로 오랜만이었다. 성체는 감히 씹어선 안 되고 침으로 살살 녹여 삼키는 것이 전례의 예절이라 배웠기에 나는 입천장에 딱 들러붙은 성체를 혀끝으로 톡톡 건드리며 신부님의 말씀을 들었다.

마침내 신부님과 수녀님이 병실을 떠난 뒤에 엄마는 앉은 자리에서 성체를 토했다. 특유의 밀가루 냄새, 물크러질 때의 식감이 역겨웠던 모양이다. 이런 경우, 성체를 훼손한 죄로 고해성사를 봐야 할지 몰랐는데 나는 엄마가 성사를 보지 않길 바랐다.

여덟 살 하린이에게서 전화가 왔다. 하린이는 엄마가 일하는 피아노 학원의 원생이었다. 엄마가 전화를 받자 아이가 다

급히 물었다.

"원장 선생님이 선생님 아프다고 그러는데요. 어디가 아픈지 궁금해서요."

엄마는 길을 걷다 콩 넘어졌다고 하린이도 앞을 잘 보고 다녀야 한다고 이야기했다. 하린이는 "아아, 그렇구나아." 말끝을 늘였다. 곧이어 선생님께 줄 게 있는데 언제쯤 만날 수 있을지가 궁금하다고 했다. 평소에도 하린이는 네잎클로버를 따다 엄마에게 종종 선물하곤 했다.

엄마는 선물이 너무 궁금하지만 당분간은 만나지 못할 것 같다고 했다.

"그럼 사진으로 보낼 테니까 받아 주세요."

통화를 마치고 얼마 지나지 않아 메시지가 도착했다. 노랑색종이에 '선생님 사랑해요.'라고 쓰여 있었고 콧잔등에 반창고를 붙인 여자의 얼굴이 그려져 있었다.

학원 승합차 보조 교사, 엄마가 오십 중반에 어렵게 구한 일자리였다. 이전까지 엄마는 각종 아르바이트를 했는데 쉰을 지난 이후엔 일을 쉬이 구하지 못했다. 나이가 지긋한 엄마는 닭발 손질도 해 보고 계란판도 날라 보았지만 빠릿빠릿하지 못하다는 이유로 하루이틀 만에 쫓겨나곤 했다. 심지어 공고 보고 찾아간 족발집의 사장은 엄마를 보자마자 소리쳤다고.

"하! 하루도 못 버텨!"

그러다 동네 피아노 학원에서 올린 채용 공고를 발견하고 곧장 이력서를 제출한 것이었다. 피아노 학원의 승합차 보조 교사라니, 전에 없이 마음이 조급해져 엄마는 학원에 전화까지 걸었다.

"혹시 언제쯤 결과를 알 수 있을까요?"

학원에서는 일주일 뒤에 결과를 공지하겠다고 했다.

일주일이 이렇게 길었나, 엄마는 소식을 기다리다 엿새 후 결국 학원에 직접 찾아갔다. 할 말을 채 다 정리하지 못하고 대뜸 방문한 것이었는데 막상 원장을 만나니 "저를 꼭 좀 써 주세요." 소리가 절로 나왔다고. 원장은 40대 초반의 다른 지원자에게 막 합격 소식을 전하려던 참이었다며 난처해했다. 엄마는 더 할 말도 없고 오히려 속이 후련해져서는 원장에게 깍듯이 인사하고 학원을 나섰다.

집으로 향하는 걸음마다 힘이 실렸다. 한두 번 겪는 거절이 아니었다. 아주 익숙한 일이었다. 하지만 이렇게까지 "저를 써 주세요." 얘기해 본 적도 없었다. 아주 낯선 일이었다. 집으로 돌아온 엄마는 저녁으로 밥 한 그릇을 다 먹었고 맥주도 한 캔 마셨다. 그런데 다음 날 아침, 원장에게서 전화가 걸려 온 것이었다.

"말씀하시던 모습이 밤새 생각나더라고요. 이렇게 계속 생각난다면 아무래도 이게 맞겠다 싶어 연락드립니다."

 이 자리를 빌려 본래 합격했던 지원자에게 심심한 위로의 말을 전합니다. 결코 당신이 부족해서가 아니며 제한된 인원을 선발해야 하는…… 됐고, 미안하게 됐습니다! 한 번만 봐주세요.

 보조 교사 일은 쉽지 않았다. 하루에도 수십 번 계단을 오르내리고 어디로 튈지 모르는 아이들을 예의주시해야 했기에 겨울에도 금세 땀으로 범벅되곤 했다. 엄마는 체력을 기르기 위해 피트니스 센터에 다니기 시작했다. 차가 급정거했을 때 잽싸게 아이들을 끌어안을 힘, 넘어지는 아이를 번쩍 들어 올릴 힘이 필요했기 때문이다.

 아이들은 엄마를 잘 따랐다. 서너 명의 아이들이 곁에 딱 달라붙어 그날 있었던 일에 대해 동시에 재잘댔고 저마다 아끼는 스티커를 엄마 휴대폰 케이스에 붙였다. 꼭 혼자 읽어야 한다며 투명 테이프로 꽁꽁 밀봉한 편지를 건네는 아이, 엄마의 팔을 건반 삼아 새로 배운 곡을 연습하는 아이도 있었다. 핏줄이 선명히 보이는 엄마의 마른 손등을 신기해하며 들여다보는 아이, 겨울바람에 언 엄마의 손을 쥐고 자신의 따뜻한 볼에 대는 아이도 있었다. 교습 마지막 날, 쌤이 그리울 거라고 고백하더니 하차한 뒤 승합차와 나란히 한참을 달린 아이도 있었다. 엄마의 흰 운동화를 쾅쾅 밟고는 도망간 애도 있다고 들었는데, 나는 개를 정말 미워한다.

학원가에서 엄마는 눈에 띄는 존재였다. 엄마가 일을 꼼꼼히 하고 학생과 보호자의 호감을 얻자 바로 옆 피아노 학원에서는 아르바이트 모집 공고에 한 문장을 추가했다.

'50대까지 받습니다.'

나는 엄마에게 "엄마, 정말 멋지다, 너무 자랑스러워!" 축하했는데 엄마는 일이 이렇게 돼 참 고맙고 무섭다고 했다.

엄마는 업무 복귀와 관련하여 걱정이 많았다. 학원 원장은 엄마에게 염려 말고 치료에 집중하라고 했지만 엄마는 한쪽 팔만으로 아이들을 가늠 수 있을지 모르겠다고 했다.

"봐, 이 거치대 하나 끌고 다니는 것도 힘든데."

엄마와 나는 식사 후, 병원 로비를 걸으며 소화시키곤 했는데 어디를 가나 링거 거치대를 끌고 다녀야 했다. 거치대는 그야말로 말도 많고 탈도 많은 반려견 스타일이었다. 아주 평탄한 길이 아니고서야 계속 그르렁댔고 약간의 문턱만 나와도, 어후 자기는 못 넘겠다고 안고 넘어가 달라고 찡찡댔다. 거치대보다야 하린이를 데리고 다니는 게 백배 쉬울 것이었다.

사실 나 또한 엄마만큼이나 엄마의 업무 복귀와 관련하여 걱정이 많았다. 내심 엄마의 직업을 자랑스러워해 왔기 때문이다. 심지어 엄마가 그 일을 하게 된 것을 의미심장하게 여기기까지 했다. 무엇보다 엄마 적성에도 맞고 근무 환경도 좀 깜짝하고. 만약 이 일을 그만두면 엄마는 이제 무슨 일을 하지? 로비를 거닐며 엄마의 걱정을 들어 주다 나는 속엣말을 그대로 내뱉고 말았다.

"엄마는 커서…… 뭐가 되려나?"

엄마는 모르겠다고 고개를 저었다.

엄마는 퇴원 후 재활치료를 시작했다. 첫날, 나이가 지긋한 치료사를 담당자로 소개받았는데 저 사람한테 힘이랄 게 있을까, 솔직히 의구심이 들었다고. 치료사는 엄마에게 다가와 이 일을 시작한 지 어언 20년이 다 되어 간다며 차분히 자신을 소개했다. 그는 앞으로 엄마가 받을 치료에 대해서도 개괄했다.

"수술로만 따지면 어깨 수술은 비교적 괜찮은 축에 속합니다. 근데 재활 단계에서는 어떤 부위보다 아플 수 있어요. '이제부터가 진짜 시작이다.' 그렇게 마음먹으셔야 합니다."

과연 진짜 시작이었다.

이두근, 삼각근, 광배근을 꾹꾹 마사지하는 것으로 치료가 시작되었다. 상처 하나 없이 멀쩡한 곳을 주무르는데 악 소리가 날 만큼 통증이 심했다. 치료사는 발버둥치는 엄마를 달랬다. 어느 한 곳을 다치면 다른 부위 또한 경직되고 뭉치기 마련이라고. 설명을 듣고도 엄마는 왜 이렇게까지 아프냐고 소리 질렀고 치료사는 우리 몸이 다 연결돼 있으니 그야 당연하지 않겠냐고 엄마를 설득했다.

겨드랑이와 목 근육을 풀어 준 뒤에는 두 팔을 천천히 흔들어야 했다. 앞뒤로 좌우로 한참 흔든 뒤 도르래를 이용해 스트레칭을 했다. 허리 운동과 다리 운동까지 해야 했다. 한쪽 어깨를 안 쓰면 허리가 뒤틀리고 다리 근육이 빠지는 법이었다. 치료사는 새로운 동작을 할 때마다 그 동작을 열심히 해야 하는 까닭에 대해 꼼꼼히 설명했다.

엄마는 재활치료를 받은 날엔 몹시 지쳐 저녁도 거른 채 이부자리에 일단 드러누웠다. 억울함과 자책감, 얼핏 모순되어 보이는 두 감정이 교차하며 엄마의 마음을 헤집어 놓고 떠나는 모양이었다. 치료 전날 밤부터 턱이 달달 떨린다고 했다.

'내일은 너무 아프면 다 때려치우겠다고 해야지.'

이렇듯 유치한 다짐을 하고 나면 기분이 조금 나아진다고, 그럼에도 정작 그만둔다는 소리는 나오질 않는다고 했다. 치료사가 자신을 포기할까 봐, 꼭 해야 하는 동작을 건너뛸까 봐, 엄마는 울컥 치미는 말을 번번이 삼켰다. 그만두는 일마저 도무지 쉽지 않은 셈이었다.

재활 치료 3주 차부터는 눈에 익은 환자들이 생겨 엄마는 그들과 대화를 나누기 시작했다. 가만 보니 엄마처럼 어깨를 다친 환자들이 적잖이 있었다. 선배 환자들이 들려주는 말

중 가장 힘이 되는 말은 "그때가 가장 아플 때예요!"라고 했다. 그 말 뒤에 "그야 앞으로 평생 고생하겠지만서도." 소리를 들을지라도 그저 감사할 뿐이라고.

전에는 엄마가 소리 지르느라 듣지 못했던 소리들이, 치료 루틴에 적응한 뒤로는 차차 들려온다고 했다. 두 눈 질끈 감고 스트레칭하고 있노라면 가까이에서 또 멀리서 비명과 울음소리가 들린다고. 듣기 힘들지만 듣지 않을 수 없는 소리들. 하루는 자지러지는 아기 울음소리가 들려 엄마는 숨이 다 막혔다. 치료사는 슬픔에 겨워 움찔대는 엄마를 바라보았다.

"저기 어린 환우도 힘든가 봅니다."

그의 말에 엄마는 잠시 멈추었던 동작을 이어서 했다. 엄마는 치료사를 차차 신뢰하게 되었다. 그는, 치료를 마친 환자가 휘청이지 않고 신발을 신을 수 있도록 침대 밑에 숨은 신을 찾아 가지런히 놓아 주고 가는 치료사였다. 나는 이 모든 이야기를 전해 들으며 엄마가 고통의 특파원이 되어 간다고 생각했다.

2월, 나는 젤리를 사 들고 본가로 향했다. 엄마와 나는 간단히 칼국수를 끓여 먹었다. 면발을 호로록 넘기고 국물까지 깨끗이 비운 후, 나는 입가를 다소곳이 닦으며 회심의 질문을 던졌다.

"엄마, 혹시 다치고 나서 가장 믿고! 참으로 의지하고! 정말이지 고맙다고 여긴 사람이 누구야?"

엄마는 시상대에 오른 사람처럼 목을 가다듬었다.

"어디 보자, 일단 우리 물리치료 선생님, 그리고 나를 믿고 기다려 주시는 우리 학원 원장님……."

얼씨구, 입맛이 뚝 떨어져 버렸다. 나는 젓가락을 내려놓고 내가 사 간 젤리를 질겅질겅 먹어 치우기 시작했다. 엄마들은 대체 왜 그래, 왜 딸한테 고마운 줄을 몰라? 따져 물었는데, 엄마는 그게 아니라고 막상 이런 일을 겪어 보니 진짜 힘을 주는 사람들은 놀랍게도 다 남이라고 했다.

"의외지?"

뉘앙스에 앙심 같은 게 전혀 없었고 그저 엄마 자신도 신기해하는 표정이었기에 일단은 넘어가 주기로 했다. 남은 젤리를 나눠 먹은 후, 우리는 소화도 시킬 겸 후문 샛길로 향했다.

낙상 사고 이후, 엄마는 한 번도 샛길에 가 본 적이 없었다. 나는 현장을 감식하러 나온 과학수사 요원처럼 살금살금 길에 접근했다. 길은 어디 걸릴 것 없이 평평했다. 대체 어디서 넘어진 거냐고 물었는데 엄마는 도통 기억나질 않는다고 했다. 우리는 손을 맞잡고 그 길을 몇 차례 오갔다. 그렇게 한참을 걷다 엄마는 어느 지점에서 우뚝 멈춰 섰다. 발을 탕탕 구르며 소리쳤다.

"여기야, 여기!"

어디 보자, 허리를 숙여 내려다보니 흙바닥이 아주 약간 솟아 있었다. 나는 그 지점을 반복해 걸으며 이렇게 넘어졌나 보다, 아니다, 이렇게 넘어졌나 보다, 이번에는 스턴트 배우라도 된 양 몸을 던져 상황을 재연했다. 마침내 자리를 확인하자 엄마는 입술이 바짝 마르는 모양이었다. 엄마는 한동안 입을 앙다물고 있다가 내게 말했다.

"저기, 엄마가 겁이 많잖아. 이 길을 앞으로 지날 수 있을지 그걸 모르겠네."

엥? 그게 무슨 소리람. 나는 엄마를 바라보았다.

"그럼 뭐, 뺑 돌아서 다니게?"

우리는 다시 손을 잡았다. 2월의 나뭇가지처럼 마르고 단단한 엄마의 손.

"엄마, 2월이다!"

나는 며칠 뒤가 아기의 생일이라고 했다. 엄마는 물론 알고 있다고 했다.

★

 우리 오빠는 웃기다. 심지어 치릴로 장례식에서도 사람들을 웃겼다. 무표정한 얼굴을 하고 천연덕스러운 말투로 일가친척은 물론 조문객들에게 썰을 풀었다. 오빠 레퍼토리의 단골 소재는 단연 나. 오빠는 서울대 출신의 내가 실은 얼마나 헛똑똑이인지 놀리기를 즐겼다.

 이를테면 서울대 합격 후 가족이 함께 떠난 전주 여행에서, 내가 숙소 전기포트를 주전자로 착각하여 태워 먹은 이야기라든지. 당시 숙소 상황은 정말 아찔했다. 방 안은 연기로 자욱해졌고 나는 인덕션에 흥건히 녹아내린 플라스틱을 수습하려 애썼다. 오빠는 1층 데스크에 있던 주인에게 달려가 자초지종을 설명했는데 정작 주인은 침착했다.

"아아, 이런 경우 종종 있어요. 아저씨들이 많이 그래."

주인의 말을 전해 들은 나는 '나만 그런 건 아니구나!' 안도하는 한편 잠시 궁금했다. 나는 서울대생이니까 약간 인간미 있게 실수한 거라 치고 아저씨들은 대체 무슨 자격으로 살림을 모르는 거지.

하여튼 내 바보짓에 관한 에피소드를 풀며 좌중을 폭소케 하는 오빠가 야속했다. 치릴로가 죽은 바람에 나는 밤낮으로 우느라 몰골이 처참했는데 이런 내 모습이 보이지도 않나! 슬프면 슬픈 대로 슬프고 약간 덜 슬픈 순간엔 그것대로 슬퍼서 계속 슬퍼하는 동생 모습이 보이지도 않나! 게다가 그런 내게 오빠가 눈치 없이 한다는 말이.

"네가 너무 슬퍼하면 할아버지가 못 떠나."

그 얘기 때문에라도 나는 그만 슬퍼할 수가 없었다.

오빠의 능력이 부럽기도 했다. 나는 오빠를 흘겨보면서도 여느 청중과 마찬가지로 오빠의 말재간에 홀렸기 때문이다. 무엇보다 오빠는 친히 찾아온 조문객들에게 어떤 서비스를 제공하고 있었다.

돌이켜보면 오빠는 어려서부터 글도 참 잘 썼다. 집안 대대로 길이 보전할 예정인 전설의 편지를 쓴 장본인이 바로 오빠다. 오빠가 편지를 쓰게 된 경위는 이러하다. 오빠가 중학교 2학년생일 때, 새벽에 MP3 충전기를 찾으러 안방에 들어갔다가 그만 엄마 아빠의 섹스 장면을 목격하고 말았는데 다음 날 두 사람이 민망해하며 오빠를 이리저리 피해 다니자 이런 편지를 남긴 것이었다.

'서로 사랑(love)하는 것이 실행(doing)되는 부부가 진짜(true)고, 서로 사랑한다 말만 하는 것들은 가짜(false)지. 인간(person)이란 고대부터 에로즘(erosm) 사상과 휴머니즘(humanism) 사상에 입각하여 사랑을 했으며 그로 인하여 국가(contury)가 건설되고 후손이 이어졌으며, 그로써 사회(social)라는 체제가 설립된 지금의 시대(century)에서 인간만이 자신의 욕구(needs)와 편의(comfort)를 충족하며 동물과 달리 오랜 시간 동안 생존 가능했던 원동력(force)이 된 거죠.

사랑을 부끄러워하는 엄마 아빠를 향해 아들 올림.'

대체 영문 병기는 왜 한 걸까. 병기를 포함하여 편지 전문을 여기에 인용할 필요는 없었지만 이건 오빠가 사방팔방 나를 망신시키며 다닌 것에 대한 복수다.

한편 편지의 수신인인 엄마 아빠는 이 편지에 굉장히 감동했다. 특히 엄마는 편지를 세상천지에 자랑하고 싶어 했는데 아무래도 자랑하려면 이 편지의 맥락이랄까, 오빠가 편지를 쓰게 된 경위까지 다 전달해야 하니까 어디 가서 말도 못 하고 한동안 끙끙 앓았다. 결국 엄마는 딱 한 사람에게만 편지와 이를 둘러싼 이야기를 전했다. 그 사람은 소피아였다. 소피아는 편지를 다 읽고 혀를 내둘렀다.

"얘 보통 애 아니야."

치릴로 장례식장에서 만인의 호감을 산 오빠는 당숙이 운영하는 갈빗집 직원으로 스카우트됐다. 당시 오빠는 삼겹살집 아르바이트생으로 하루 열두 시간 이상을 일했고 퇴근 후엔 매일 술을 마시며 살고 있었다. 갈빗집 일을 시작하면서 삼겹살집 일을 그만두게 된 오빠는 세상에서 가장 맛있는 쫄면을 만들어 주던 식당 이모와의 이별에 특히 섭섭해했다. 이모도 섭섭했던 걸까, 마지막 날 오빠에게 흰색 자전거를 선물로 주었다.

"아들이 사 놓고는 영 안 타. 이제 술 줄이고 자전거를 타 봐."

오빠는 그 뒤로 쉬는 날이면 자전거를 즐겨 타기 시작했다. 솔직히 자전거 음주 운전도 몇 번 했을 것이다. 왼쪽으로 기우뚱할 때면 왼쪽으로 핸들을 꺾고, 오른쪽으로 기우뚱할 때면 오른쪽으로 핸들을 꺾으며 간신히 넘어지지 않는 오빠의 모습을 나는 왠지 잘 상상할 수 있다.

갈빗집에서는 숯불을 다뤄야 했기에 여름날의 오빠는 소금을 집어 먹으며 일했다. 간혹 애인을 데리고 갈빗집에 찾아갈 때면 이따금 소금을 집어 먹는 오빠의 모습을 볼 수 있었다. 오빠는 그렇게 바삐 일하면서도 우리 테이블을 꼼꼼히 챙겼다. 고기 먹는 애인을 위해 고기를, 채식하는 나를 위해 명이나물을 계속해서 가져다주었다. 오빠가 우리에게 반주의 향을 물을 때가 있었다. 그럼 나는 딱 잘라 말했다.

"오빠, 우리는 술 안 즐겨."

딱히 그렇지도 않으면서 단지 오빠에게 면박을 주기 위해.

식사를 마친 후엔 오빠가 나와 내 애인을 식당 뒷마당으로 데려갔다. 그곳에 개 두 마리가 있었기 때문이다. 내 애인이 개를 좋아하는 줄로 알고 그러는 듯했는데 애인이 불특정 다수의 개를 좋아하는 건 아니었다. 애인은 2012년 세상을 떠난 작고 하얀 개, 아롱이를 사랑할 뿐이었다. 어쨌든 우리는 오빠를 따라 뒷마당으로 향했다.

뒷마당에 들어서기 전에는 숨을 한껏 들이쉬게 되었다. 황구와 백구는 일어선 키가 내 어깨에 닿을 만큼 덩치가 매우 컸기 때문이다. 게다가 애들은 그 큰 덩치로, 갈비 냄새 풍기는 우리를 순식간에 덮치곤 했다. 로마 원형극장 한가운데에 내던져진 검투사가 된 기분이 들 정도였다. 그렇다고 우리를 마구 뜯어 먹진 않았고 팔다리만 실컷 핥았다. 황구와 백구가 좀 침착해질 때까지 우리는 한동안 우리 몸을 내줘야 했다.

황구와 백구의 주식은 손님이 남긴 갈비였다. 그래서 오빠는 손님이 갈빗살을 많이 남겨도 아깝거나 기분이 나쁘지 않다고 했다. 애들의 밥을 챙기는 것까지가 오빠의 일이었다. 오빠는 애들을 틈틈이 쓰다듬어 주었고 똥도 치웠다.

"별것 안 했는데 금세 성견이 됐어."

황구와 백구는 태어난 지 얼마 안 된 것 같은데 오빠는 단지 덩치가 크다는 이유로 애들을 '성견'으로 여기는 듯했다.

오빠와 내가 어릴 적에 키웠던 개는 생후 몇 개월 만에 병에 걸려 죽었다. 그런 까닭에 혹은 그걸 핑계로 오빠는 개에 대해 잘 몰랐다. 사실 나는 지금도 개에 대해 잘 모른다.

갈빗집을 즐겨 찾는 중년 부부가 있다고 했다. 딱 보기엔 둘 다 날라리 같은데 종업원들에게 유달리 예의가 바르고 무엇보다 금슬이 정말 좋아 보인다고. 서로에게 "지랄", "염병" 이런 욕을 스스럼없이 하면서도 웃음소리가 끊이질 않는다나. 금팔찌를 두른 남자와 노란 머리 여자는 그렇게 티격태격 놀다가 알딸딸하게 취해 헤실헤실 웃으며 식당을 떠난다고. 목덜미에 문신이 있는 아들도 이따금 동행하는데 하루는 아들 친구까지 데려왔고, 어쩐 일인지 아들보다도 아들 친구를 극진히 챙기는 모양새였단다.

"더 먹어. 쌈도 싸서. 응, 그래. 많이 먹어."

정작 아들 친구는 고개를 푹 숙이고는 몸 둘 바를 몰라 해서 오빠는 그 광경을 의아하게 여겼다. 이러나저러나 주방 일

거들랴, 숯불 관리하랴 바쁜 와중에 고등학생 알바 두 명이 한쪽 구석에서 수군대기에 다가가 뭐 하느냐 다그쳤더니 걔네가 도리어 오빠에게 되묻는다는 게.

"형, 저 사람 몰라요?"

"오빠, 저 사람 래퍼잖아요."

부부가 연신 돌보고 살피던 사람이 래퍼라는데 애들이 말하는 그 이름을 들어 본 것 같기도 아닌 것 같기도, 오빠는 기억이 가물가물했다.

"저희가 아까부터 계속 봤거든요? 화장실 갈 때도 고개 푹 숙이고 가요. 연예인병인가?"

오빠는 됐다고, 흩어지라고 손을 저으며 애들을 제 위치로 돌려보낸 뒤에 다시 숯불 앞에 섰다. 사방으로 튀는 불티를 내려다보며 어딘지 익숙한 이름을 몇 번 되뇌다 뒤늦게 알아차렸다.

'아아, 그 노래……?'

오빠가 군 복무하던 시절, 힙합 오디션 프로그램이 한창 유행이었고 특히 그 래퍼가 부른 경연곡이 선풍적 인기를 끌었다. 부대에서 고된 일을 할 때마다 노래의 후렴구를 따라 부르는 게 유행일 정도. 그래 봤자 제대하고는 사는 게 바빠 래퍼의 이름이며 후렴구까지 전부 잊고 살았던 것이었다. '아아, 그 노래 부른 애구나.' 생각하며 오빠는 금슬 좋은 부부

테이블의 불판을 갈아 주었고 그로부터 몇 주 뒤, 래퍼의 자살 소식을 들었다.

알바생 한 명은 래퍼의 소식을 듣고는 눈물이 다 났다고 오빠에게 고백했다. 걔는 충격을 꽤 크게 받았던지 주위 상황과 자극에 확 과민해져 버렸다. 걔는 틈만 나면 오빠 안색을 확인하기 시작했다. 오빠는 고기 손질 작업이 이뤄지는 지하실에 내려가서 쉬곤 했는데 그때마다 걔가 다급히 내려와서 단속했다고.

"형, 힘들어도 자살은 안 돼요."

지하실에 육절기와 정육칼 등 예리한 도구들이 있다지만 그런 걱정을 하는 게 오빠는 어이가 없다고 했다.

"유독 나를 걱정해. 나이도 같고 느낌이 비슷해서 자꾸 겹쳐 보인대."

그런 말을 대놓고 하며 걱정을 표하는 그 아이가 나는 참 귀엽다고 생각했다. 한편으로는 오빠를 걱정해 줘서 고맙기도 했다.

예상했겠지만 황구와 백구는 죽었다. 갈빗집에 양파를 납품하는 아저씨가 황구와 백구를 전남 무안에 있는 집으로 데려가 풀어놓고 키우고 싶다고 어필해, 당숙이 그에게 순순히 애들을 넘겼다고. 오빠가 "애들은 잘 지내요?", "인증 사진 좀 보여 주세요." 재촉할 때마다 양파 아저씨는 사진 몇 장을 보여 주곤 했는데 언젠가부터는 이전 사진들을 재탕하기에 추궁했더니 이실직고했단다.

"이젠 아저씨 입술이 너무 기름져 보여."

나는 오빠에게 양파 아저씨가 애들을 잡아먹을 걸 정말 몰랐냐고 묻진 않았다. 대신 황구, 백구와 지낸 시간 중 어떤 일이 가장 기억에 남느냐고 물었다.

"나는 큰 개 데리고 산책하는 게 로망이었어. 그래서 가을쯤이었나 브레이크타임 때, 애들 데리고 불광천에 갔거든. 힘이 어찌나 좋은지 애들한테 질질 끌려다니다가 20분 만에 지쳐서 조기 복귀했어. 그날이 기억나네."

황구와 백구가 이끄는 방향에 따라 왼쪽으로, 오른쪽으로 휘청이는 오빠를 상상하자 웃음이 터졌다. 나 또한 불광천에서 산책한 적이 있다. 갈빗집에서 이것저것 너무 많이 먹어 배가 몹시 부른 날에는 불광천에서 조금 걷다 집에 돌아가곤 했다.

불광천에는 '바르게 살자'라는 구호가 새겨진 비석이 있다. 불광천에 들를 때마다 나는 비석 앞에 서서 기념사진을 찍었다. 그 비석은 '바르게살기운동중앙협의회'에서 세운 것으로 이 협의회가 '삼청교육대'의 후신이라는 걸 알고 있었지만 늘 사진을 찍었다. 바르게 살자. 세상에 이보다 와닿는 말은 없다고 생각했기 때문이다.

★

 엄마는 1년에 한두 번 서울에 놀러 온다. 나는 엄마를 데리고 고급 식당에 가고 백화점에도 간다. 평소 나는 '사치'를 부리지 않지만 엄마와 함께 있을 때면 돈을 펑펑 쓴다. 내가 아는 사람 중에 가장 착한 사람이 바로 엄마이기 때문에 그런 식으로라도 엄마에게 '상'을 주는 것이다. 심지어 엄마가 아쿠아리움에 한 번쯤 가 보고 싶다고 했을 때도 나는 당장 입장권을 사서 전했다. 아쿠아리움에 가는 건 여러모로 죄짓는 일이지만 엄마라면 그 정도쯤의 죄를 지어도 된다고 생각해서.

 지난번에는 한강에 가서 같이 유람선을 탔다. 오후 5시 여의도 선착장에서 '선셋 크루즈'에 승선해 원효대교, 한강대교를 지나 동작대교까지 갔다. 사실 유람선을 타기 전엔 '아, 좀 슬플 것 같은데…….' 걱정했다. 미국 작가 데이비드 포스터 월리스가 그의 산문집에서 이렇게 서술한 바 있기에.

"대중적 호화 크루즈 여행에는 견딜 수 없이 슬픈 무언가가 있다. 견딜 수 없이 슬픈 것이 으레 그렇듯 이것은 정체를 파악하기는 엄청나게 어렵고 원인은 복잡하지만 결과는 단순한 듯하다. 그 결과란, 내가 네이디어 호에서—특히 밤에, 배의 놀이 활동과 안심과 즐거운 소음이 다 그친 뒤에—절망을 느꼈다는 것이다. (……) 절망은 내가 참으로 작고 약하고 이기적이고 의심의 여지 없이 언젠가는 죽을 존재라는 사실을 인식할 때 느껴게 되는 견디기 힘든 기분으로부터 탈출하고 싶어서 죽고 싶은 것에 가깝다. 배 밖으로 뛰어내리고 싶은 기분이다."*

나는 뛰어내리고 싶지 않았고, 견딜 수 없이 슬프지도 않았다.

일단 '선셋 크루즈'는 그렇게 막 호화롭지 않았고 고작 한 시간가량 운항했다. 게다가 나는 데이비드 포스터 월리스처럼 현대적 실존에 대해 다각도로 고찰할 수 있을 만큼 똑똑하지

---

* 데이비드 포스터 월리스, 김명남 옮김, 『재밌다고들 하지만 나는 두 번 다시 하지 않을 일』(바다출판사, 2018), 27~28쪽.

도 않았다.

사실 본래의 나라면, 데이비드 포스터 월리스가 언급한 슬픔과 절망을 느끼지 못한 것에 대해 상대적 박탈감 느끼면서, 그런 걸 느낄 수 있었던 데이비드 포스터 월리스의 위치를 질투하면서, 동시에 슬픔과 절망을 느꼈다고 고백한 어떤 사람을 내가 속 좁게 질투한 것에 대해 죄책감까지 느끼느라 완전히 소진되었을 텐데 그날은 그러지 않았다. 내 곁에 엄마가 있었기 때문이다. 나는 석양을 등진 엄마의 모습을 다각도로 찍느라 소진되고 있었다.

크루즈에는 사람이 많았고 그들 대부분이 백인이었기에 어떤 각도로 찍든 배경에 백인이 걸리곤 했는데 엄마는 괜찮다고, 백인들이 나오도록 사진을 찍어 달라고 내게 말했다.

"사진만 보면 저기 어디 해외로 여행 간 것 같잖아."

참 속된 말인데도 그냥 헛웃음을 지으며 열심히 사진을 찍었다.

크루즈에서 내린 뒤, 우리는 손을 잡고 한강 산책로를 좀 걸었다. 자전거가 곁을 지나거나 크고 작은 소리가 들려올 때마다 엄마가 놀라 움찔대며 내 손을 꼭 쥐었다. 엄마는 어깨를 다친 뒤로 겁이 너무 많아져서 서럽다고 했다.

"엄마, 그런 험한 일을 당했는데 당연히 겁이 많아지지. 겁 많아진 거에 겁먹지 마."

할 말이 없어서 그냥 말장난이나 했는데 엄마는 "그래, 그래야지." 하고 대답했다. 그럼에도 엄마가 여전히 서러워 보였기에 나는 나의 사소한 고민을 토로하며 화제를 전환하려 했다.

"아니, 살다 보면 '니미' 이런 욕을 들을 때가 있잖아. 아무것도 아니라고 생각하면 아무것도 아닌데 또 한편으로는 엄마한테 괜히 미안하고 마음이 안 좋아."

뜻밖에 엄마는 내게 맞장구를 쳤다.

"오, 나도 그 욕 들었을 때 기분 나빴어."

"엥? 엄마도 들은 적 있어? 누구한테?"

엄마가 외쳤다.

"네 이모!"

이모는 대체 무슨 생각으로……? 이모는 내 생각보다 훨씬 흥미로운 사람인 듯했다.

엄마가 서울에 오면 우리는 며칠 내내 붙어 다니며 전시회장에도 가고 식물원에도 가고 무화과나 망고처럼 귀한 과일들도 사서 먹었다. 내가 일할 때에만 우리는 잠시 떨어져 있곤 했다. 내가 자취방으로 돌아가면 엄마는 "너희 집은 도어락 소리가 참 이뻐!" 외치며 나를 반겼다. 언젠가는 집을 비운 사이 장을 봐 온 모양인지 부엌에 식재료가 있었다. 그 가운데 아보카도 한 꾸러미가 눈에 띄었다. 아보카도…….

"엄마, 아보카도 샀어?"

"으응, 요즘 유명하잖아."

아보카도를 보자 아보카도를 둘러싼 사정들이 떠올랐다. 할 말, 못 할 말 다 하며 공연한 터라 입이 풀려 있던 탓에 이런 말이 불쑥 튀어나왔다.

"아보카도는 고기만큼 나빠. 물을 엄청 많이 먹어서 환경에 안 좋다니까 그런 줄 알아."

엄마는 아보카도를 물끄러미 내려다보며 말했다.

"얘가 나쁘다고?"

듣고 보니 아보카도는 그렇게 안 생긴 듯했다.

하긴 아보카도가 직접 나서서 숲을 밀어 버리고 아보카도 농장을 짓는 건 아니었다. 농장 인근 지역민들의 식수를 일부러 다 뺏어 먹고, 자의로 멕시코를 떠나 한국까지 1만 3054킬로미터의 거리를 이동하며 탄소 발자국을 쾅쾅 찍는 것도 아니었다. 아보카도가 그 초록 몸에 피를 묻혀 가며 불법 벌채에 맞서 시위하는 환경운동가들을 살해하는 건 더더욱 아니었다. 나는 아보카도와 토마토를 손질했다.

"엄마, 아보카도는 이렇게 먹는 거야."

위에 발사믹 식초까지 뿌려서 둘이 정말 맛있게 먹었다.

엄마는 서울에서 사흘 정도 있다가 대전으로 돌아가곤 했다. 엄마가 본가로 가기 전날 밤, 나는 꼭 홍제천으로 달려 나가 한동안 뛰었다. 엄마를 기차 태워 보낸 뒤엔 내가 꼭 회까닥하기에 미리미리 나를 다잡아 놓으려고. 엄마가 가 버리면 나는 꺼이꺼이 울게 되었다. 엄마의 손길을 탄 바람에 약간 낯설어진 자취방에서 혼자 쭈뼛대다가 야동을 틀어 버리기도. 야동에 집중하며 나의 혼을 한쪽에 빼놓는 셈이었다. 엄마가 이 집에 있다면 절대 못 할 행동을 곧장 실행하며 '여긴 내 것!' 공간의 기강을 잡는 것이기도 했다.

엄마가 가고 나면 또 얼마나 울려나, 가늠하며 홍제천을 달렸다. 지난 사흘간 엄마에게 잘못한 일과 잘한 일을 종합해 사칙연산 해 보면 눈물의 양을 대략 계산할 수 있었기에. '엄마'라는 사람을 향한 책임감과 연민에 스스로 답답할 때도 있었다. 엄마에 대한 예의가 아니라고도 생각했지만 내가 달리 어떻게 살 수 있을지 알 수 없었다.

서울에서 머무는 동안 엄마는 하루에 한 번쯤 이런 말을 했다.

"내 자식이 서울에서 살 줄은 몰랐는데……."

이 말은 단지 당신 자식이 '촌구석'에서 벗어나 상경할 줄 몰랐다는 식의 말이 아니었다.

그보다는 글자 그대로의 뜻에 가까웠다. 엄마는 '서울'과 '자식'과 '죽음'을 한데 묶어 생각해 온 세월이 길었다. 그런 까닭에 당신 자식이 서울에서 살고 있고, 살아 있다는 사실에 늘 조금은 얼떨떨할 것이었다. 그래서 나는 '수도권 중심주의'에 대한 성찰 같은 건 미뤄 두고 매번 엄마에게 무턱대고 약속했다.

"엄마, 나는 서울에서 계속, 계속 살 거야."

★

 백발의 그는 얼핏 '모범 시민상'을 받아 마땅해 보였다. 그의 트레이드 마크는 목에 맨 빨강 손수건과 볼캡 그리고 목장갑. 그는 매일 집게를 들고 온 동네를 쏘다니며 쓰레기를 주웠다. 하지만 내가 남가좌동에서 산 지 1년이 되던 해에 나는 그의 이면을 알게 되었다.

 그날은 밸런타인데이로, 나는 150석 만석 스탠드업 코미디 공연을 앞두고 있었다. 공연하는 날이니 나름 공들여 단장을 했다. BB크림도 바르고! 아이라인도 그리고! 그래 봤자였다. 그렇게 꾸며 봤자 내가 듣는 얘기라곤 '디스코팡팡 DJ 오빠한테 심한 말 듣고 싶어서 꾸민 중학생 같다.', '엄마가 투다리 김치우동 잘 만드실 것 같다.' 이런 얘기뿐이었다. 아무려

나 H라인 흑청치마까지 입고 버스 정류장으로 향하는 길, 그와 마주쳤다. 오늘도 모범 시민이시네. 흐뭇해하며 지나가려던 바로 그때, 그가 나를 위아래로 훑으며 이 동네에서 썩 꺼지라는 듯 집게를 휘둘렀다.

"Fucking Whore!(좆같은 창녀!)"

나는 너무 놀란 나머지 그를 향해 머금고 있던 옅은 미소를 미처 다 거두지 못한 채로 줄행랑치고 말았다. 급히 버스에 올라타 공연장으로 가는 길, 그의 목소리가 귓가에 맴돌았다. 크리스 브라운 노래에서나 들어 본 단어를 이렇게 직접 들을 줄이야. 그것도 백발 노인한테. 무엇보다 그가 'whore' 특유의 절묘한 발음을 너무나 잘 살려 외친 탓에 나는 쓸데없이 그의 과거를 상상하게 되었다. 주한 미군 부대에서 근무하셨나, 아니면 아메리칸드림이 좌절되어 돌아오신 걸까. bitch(쌍년)나 cunt(보지), pussy(계집)가 아닌 whore(창녀)를 선택한 데에는 특수한 맥락이 있을 듯했다.

네온사인으로 화려하게 장식된 코미디 클럽의 계단을 올라, 힙합 음악이 왕왕 울리는 공연장에 들어서 관객석을 쭉 둘러본 뒤 대기실로 걸음을 옮기면서도 나는 그를 생각했다. 그가 이곳 코미디 클럽에 오면 목덜미를 잡고 쓰러질지도 모른다고 생각하며. 여느 때와 마찬가지로 초섹시 날라리 미인들이 정말 많이 와 있었기에.

나는 대기실에 들어서자마자 코미디언들에게 내가 겪은 일에 대해 말했다. 이야기를 마치자 한 코미디언 오빠가 고개를 갸우뚱거리며 내게 물었다.

"소윤이 너가 이태원 쪽에서 산다고 했나?"

영어를 그렇게 잘하는 노인은 이태원에나 있을 거라고 추정한 모양이었다. 나는 고개를 저으며 아니라고, 아니라고, 그냥 평범한 남가좌동에서 산다고 답했다.

새삼 착잡했다. 이 세상에는 젠더폭력에 노출된 채 살아가는 사람들이 얼마나 많을까. 금세 나는 내가 좀 우습다고 생각했다. 젠더폭력을 방금 직접 겪은 주제에 세상 사람들을 막연히 걱정하는 나의 폼이라는 게. 내 코가 석 자인데……

어쨌거나 공연은 시작되었다.

"오늘도 심상치가 않네."

호스트 오빠가 공연 안내를 했는데 관객석 분위기가 영 어수선했다. 특히 가장자리에 앉은 한 관객이 호스트의 주의에도 아랑곳하지 않고 계속해서 끼어들고 떠들어 댔다. 공연자에게 말을 걸거나 욕하는 헤클러(Heckler)들이 공연마다 심심찮게 있었는데 그날도 마찬가지였다.

사실 나는 헤클러가 아주 싫지만은 않았다. 물론 대기실에서는 "왜들 저래, 에라이, 나가 죽어라." 이렇게 욕하곤 했지만 개인적으로는 헤클러가 간혹 필요할 때가 있었다. 내가 준비해 간 농담에서 웃음이 팍 터지지 않을 때, 나는 헤클러를 핑계 대며 상황을 모면하곤 했기에.

"방금 농담 사실 엄청 웃긴 건데 그쪽 때문에 호흡 끊겨서 망했잖아요."

그날, 1부 공연의 분위기가 영 좋지 않았다. 문제의 헤클러도 계속 날뛰다 결국 옐로카드를 받았다. 인터미션 시간, 호스트가 2부 공연에 투입되는 내게 다가와 헤클러의 좌석 위치를 일러 주며 말했다.

"건너 건너 아는 애인데 그냥 좀 아픈 애야. 인터미션 끝나고 올라가서 상태 보고 영 아니다 싶으면 바로 퇴장시킬게."

그 사람을 퇴장시키면 나는 이제 뭘 핑계로 대라고? 이제 오롯이 내 책임이 되어 버리잖아? 호스트 오빠가 약간 미웠다. 오빠가 이어서 말했다.

"그리고 아까부터 무대에 오른 코미디언들한테 100만 원 주면 같이 잘 거냐, 자기는 보지로 껌 좀 씹어 봤고 바나나도 잘라 봤다, 계속 그러더라고. 확실히 좀 이상하거든? 올라가서 너무 당황하지 말라고."

보지로 뭘 씹고 잘랐다고? 대체 어떤 삶을 살아온 거야? 무대에 설 사람은 내가 아니라 저 헤클러가 아닐까? 자신감이 휘청거리기 시작했다. 스스로 용기를 북돋아야 했는데 왠지 이런 말을 되뇌게 되었다. 나는 Fucking Whore야, 나는

Fucking……. 나한테도 헤클링 하면 나는 자일리톨만 씹는다고 받아쳐야지.

아니나 다를까, 무대에 오르자마자 문제의 헤클러가 내게 물었다.

"그냥 애네. 얘 처녀 아냐?"

아니, 왜 나한테는 냅다 처녀라는 거야. 대체 어디에 있는 거야, 호스트가 알려 준 쪽을 바라보았지만 조명 탓에 실루엣만 언뜻 보일 뿐이었다. 나는 소리가 들려오는 방향으로 몸을 틀며 꽥 소리쳤다.

"언니, 저 아다 아니거든요!"

씩씩대며 공연하다 무대에서 내려왔다.

공연이 끝난 뒤, 술을 정말 많이 마셨다. 누구는 나한테 '창녀'라고 하고 또 누구는 나한테 '처녀'라고 하고, 그게 진짜 어이가 없어서 술이 쭉쭉 들어갔다.

다음 날 늦은 점심, 일어나자마자 집을 나섰다. 늦겨울이었음에도 반소매를 입고 홍제천을 마구 달렸다. 내가 하는 유일한 마약은 LSD(Long Slow Distance) 훈련뿐. 훈련을 마치고 집으로 돌아가는 길, 나는 간밤의 일을 계속해서 곱씹었다. 왜들 그래, 정말. 땀이 마를수록 으슬으슬 추워져 두 팔을 크게 흔들며 빠르게 걸었다.

바로 그때, 어떤 할아버지가 우산 끝으로 나를 가리키며 뭐라 뭐라 소리쳤다. 또 뭔데? 왜 또 나야? 나는 우산 할아버지를 앙칼지게 째려보며 방금 뭐라고 하셨느냐 쏘아붙였다. 할아버지가 또박또박 힘주어 외쳤다.

"사람이! 씩씩혀!"

다시 보니 우산 할아버지의 눈가엔 웃음기가 자글자글했다. 나는 허리 숙여 꾸벅 인사했다.

"히히, 감사합니다!"

헤벌쭉 웃어 버리다니, 속도 없나.

나는 우산 할아버지한테 고마웠고 곧 할아버지를 원망했다. 우산 할아버지 때문에 나의 마음이 또다시 열려 버렸기에. 너무나도 헤픈 나의 마음…….

할아버지가 내게 "사람이! 씩씩혀!" 이런 말을 들려준 바람에, 훗날 낯선 사람이 내게 무어라 말할 때, 나는 또 멈춰 서서 그의 말에 귀를 기울일지 몰랐다. 그가 내게 어떤 장르의 말을 들려줄지 모르는 채로. 그냥 그를 믿어 버린 채로. 그러니까 앞으로 내가 무슨 말을 듣든지, 그건 다 우산 할아버지 때문이야. 나는 그렇게 생각하기로 했다.

★

1996년, 서대전역 인근 문화동에서 태어난 지하 5층, 지상 8층 규모의 '세이백화점'이 2022년, 1,700억 원에 매각되었다. 2024년까지 영업한 후 완전히 정리되었다. 백화점이 허물어진 자리에는 주상복합 오피스텔이 들어섰다.

2003년, 나는 옆집 세 자매와 세이백화점에서 쇼핑을 했다. 그날 옆집 아줌마는 기분이 좋아 보였다. 대체 왜? 내가 알기로 그 집엔 기쁠 일이 많지 않았다. 우리는 마주 보고 사는 사이. 우리는 형편과 소란, 냄새나는 엘리베이터를 공유했다. 여호와의 증인 열혈 신자였던 아줌마가 그날 전도에 성공하기라도 했던 걸까. 자매들과 놀고 있던 나까지 데리고는 백화점을 찾았고 무려 아트박스에까지 들렀다.

아줌마는 우리에게 원하는 물건을 하나씩 골라 보라고 했다. 나는 다이어리와 샤프펜슬을 놓고 비교하다 욕심을 내려놓고 샤프펜슬을 집어 들었다. 아줌마는 내게 정말 샤프펜슬을 고른 거냐 물었고 한 번 더 묻지는 않았다. 자매들은 스티커 같은 걸 집었다. 계산을 마친 후, 나는 문구들이 가득 담긴 봉투를 내가 들겠다고 외쳤다. 감사해서 뭐라도 하고 싶었기 때문이다. 게다가 'ART BOX'라 적힌 흰 종이봉투는 어딘지 세련돼 보였다. 나는 봉투를 받아 들고 에스컬레이터에 올랐다. 그리고 1층에 도착하고 나서야 내 손에 아무것도 들려 있지 않다는 사실을 알아차렸다.

자매들과 나는 에스컬레이터를 타고 꼭대기부터 지하까지 거듭 오르내리며 샅샅이 살폈다. 우리가 고심 끝에 고른 문구들이 어디로 갔을까. 5층 아트박스 부근에도 없고 6층, 7층, 8층에도 없고 다시 7층에도 없었다. 장난기 많은 셋째 언니가 나를 놀리려고 봉투를 슬쩍 감춘 게 아닌지, 나는 눈을 가늘게 뜨고 몇 번이나 셋째 언니를 흘겨봤지만 언니는 허둥지둥 봉투만 찾을 뿐이었다.

대체 어디서 놓친 걸까, 그게 아니라면 누가 훔친 걸까. 모든 게 후회스러웠다. 내가 든다고 하지 말걸, 백화점 나들이에 따라오지 말걸, 내가 대체 여기 왜 껴 있는 거야. 내심 아줌마가 원망스럽기도 했다. 오늘 왜 행복하셨던 거야. 이렇게 어린 나한테 그렇게 중요한 걸 왜 덥석 맡긴 거야. 그 와중에 나는 내가 샤프펜슬을 골라 그나마 다행이라고 생각했다. 욕심을 덜 부린 덕에 아줌마한테도 덜 미안하고 나도 덜 속상해 다행이었다. 어찌할 바를 모르는 내게 아줌마가 뭐라고 했더라. 좀처럼 떠오르지 않는다. 나의 기억이 종종 나를 위해 사라져 줄 때가 있다.

2006년, 보은에서 한 친구가 전학을 왔다. 앞으로 읽어도 뒤로 읽어도 똑같은 이름, 민지민. 나처럼 책을 좋아하는 애여서 우리는 금세 친해졌다. 지민이에게 대전으로 이사 와서 가장 좋은 점이 뭐냐 물으니, 세이백화점에 편히 갈 수 있어 좋다고 답해 왔다. 보은에서 가장 가까운 영화관이 세이백화점에 있어서 보은에 살 적에는 영화 한 편을 보기 위해 그 먼 길을 오가야 했다고. 나는 다른 지역 사람들이 영화를 보기 위해 그렇게까지 애쓰는 줄 그때 처음 알았다.

지민이는 엄마가 없었다. 서울에 있는 대기업에 다니신다고, 주말에야 집에 오신다고 했는데 몇몇은 지민이의 말을 믿지 않고 뒤에서 수군덕댔다.

"아니, 이상하잖아. 그러면 주말에 왜 우리랑 노는 건데."

지민이는 나중에 내게만 따로 말했다.

"우리 엄만 작년에 하늘나라 갔어. 그래서 여기 대전에 온 거고."

나는 지민이가 좋았고 조금 불편했다. 내가 겪고 싶지 않은 일을 이미 겪은 애여서 너무 안타까웠고 어떻게 대해야 할지 난감했다. 그래서였을까, 지민이에게 줄 생일 축하 편지를 쓰는데 도무지 허심탄회한 말이 나오질 않았다. 나는 지민이의 이름을 변주해 수십 번 적는 것으로 공백을 채웠다.

'민지민, 생일 축하해. 사이좋게 지내자. 지민민. 지미니가 전학 와서 기뻐. 민민이는 사랑받기 위해 태어난 사람……'

다음 날, 지민이가 내게 말했다.

"우리 아빠가 그러더라. 네가 내 이름을 알긴 하냐고."

지민이는 그냥 전한 말이었는데 나는 부끄러웠다.

그래도 지민이의 생일을 기념하여 같이 세이백화점에 가서 영화「미녀는 괴로워」를 봤다. 영화를 본 뒤에 우리는 키스신 얘기만 한참 하며 야단법석을 떨었다.

2007년, 엄마는 장롱 속에 5년간 묵혀 둔 면허증을 꺼내 다시 운전하기 시작했다. 소피아가 무릎 수술을 받았기 때문이다. 조수석에 탄 소피아는 그래도 내심 뿌듯했으려나. 애초에 엄마가 면허를 따도록 부추기고 응원한 사람이 소피아였으니.

"남들 다 하는데 너도 할 수 있지 왜. 배우다 너무 어려우면 고급 커피 사서 학원 선생님들한테 바쳐. 잘 좀 부탁한다고."

소피아의 말에 치릴로는 펄쩍 뛰었다고 한다.

"운전은 무슨 운전, 이 여편네가 딸내미를 죽일 셈인가."

그로부터 5년 뒤, 나는 엄마가 운전하는 차에 탈 때마다 생각했다.

'이 여자가 딸을 죽일 셈인가.'

장롱면허 세월이 길어서인지 엄마의 운전 실력은 솔직히 좀 그랬다. 나는 엄마를 좋아하고 세이백화점도 좋아했지만 엄마가 운전하는 차를 타고 세이백화점에 가는 일은 최대한 피하려 애썼다. 아, 엄마. 나 애들이랑 만나서 숙제하기로 했어. 아, 엄마. 나 반납할 거 있어서 도서관 가야 해.

엄마는 특히 경사로 운전에 젬병이었는데 세이백화점 주차장의 경사로는 난도가 극악이었다. 나선형 구조였을 뿐 아니라 매우 가팔랐고 폭마저 좁았다. 차는 겨우겨우 경사로를 오르내렸다. 오르막길에서는 반드시 시동이 꺼졌다. 시동이 꺼진 차는 자꾸 뒤로 밀려났고 뒤차는 당연히 클랙슨을 눌러 댔는데 와중에 엄마는 꽤 침착했고 사색이 된 나를 달래는 여유마저 보였다.

"스틱이라 그래, 스틱."

그 순간, 내가 할 수 있는 일이라곤 기도뿐이었다.

2008년, 세이백화점 지하도에서 '5·18 광주 민주화운동' 사진전을 보았다. 5·18 민주화운동을 알고는 있었다. 하지만

5·18 민주화운동을 본 건 그날이 처음이었다. 곤봉으로 내리치는 사람, 곤봉으로 맞기 직전의 사람, 머리가 터진 사람, 다리가 터진 사람, 그리고 포개어져 누워 있는 사람들. 나는 흑백 사진의 고요함, 핏기 없음에 몸서리쳤다. 지하도가 거대한 영안실로 느껴졌다. 때리는 사람도 사람이고 맞는 사람도 사람이라니. 그날, 내 마음속에 지하가 몇 층 더 생겼다. 터덜터덜 지상 가는 계단을 오르는데 그 부근에서 늘 그러하듯 땅콩과자 냄새가 풍겨 왔다.

2010년, 세이백화점 지하 1층 카페에서 치릴로와 소피아에게 커피를 대접했다. 그 카페는 당시 동네 최초의 카페이자 유일의 카페! 커피를 홀짝이며 한껏 젊은 분위기를 낸 우리는 내친김에 6층 오락실에 올라가 함께 스티커 사진을 찍었다. 그 사진은 치릴로가 내게 물려준 가죽 지갑에 지금도 꽂혀 있다. 더는 같이 하하 소리 내 웃을 수 없는 사람들이 V자를 그리며 웃고 있는 사진. 나는 원래 사진 찍을 때 되도록 V 하지 않는데 그 사진 속에서는 V를 하고 환히 웃고 있다. 나는 그 사진을 언제든 볼 수 있도록 지갑에 꽂아 놓았고 너무 잘 보이지는 않도록 뒤집어 꽂아 놓았다. 그래야 지폐 같은 걸 꺼내려 지갑을 열었다가 갑자기 슬퍼지는 일을 방지할 수 있으니까.

2023년, 엄마와 함께 버스 타고 세이백화점에 가 보니 매장이 얼추 정리되어 있었다. 카고바지를 산 가게도, 슬리퍼를 산 가게도 사라져 있었다. 계약이 끝나지 않은 업체들은 같은 층에 몰아넣고 운영 중이었다. 임직원 950여 명은 새로운 일자리를 찾아 나서야 한다고. 엄마가 백화점을 굳이 한 바퀴 돌아 보자고 했다.

우리는 에스컬레이터를 타고 층을 오르내리며 많은 기둥을 보았다. 그러고 보니 기둥은 건물이 허물어지기 전까지, 끝의 끝까지 꼭 필요한 것이었다. 우리는 벌거벗은 몸으로 텅 빈 매장을 지키는 마네킹들도 보았다. 앉아 있는 마네킹과 서 있는 마네킹, 표정이 있는 마네킹과 그렇지 않은 마네킹 모두를 보았다. 그 모습이 으스스 무서울 법도 한데 하나도 무섭지 않고 그저 쓸쓸했다.

집으로 돌아와 세이백화점 폐점과 관련한 기사를 찾아 읽던 중 나는 그만 깜짝 놀라 기절할 뻔했다.

'대전 마지막 향토 백화점 세이백화점은 대전 문화와 상업의 중심지였다. 개점 기념일에는 리아나 등 유명 가수의 공연이 펼쳐지기도 했다.'

바베이도스 출신의 살아 있는 전설, 팝가수 리아나? 향토 백화점에 울려 퍼지는 리아나의 독특한 음색을 상상하려다 나는 금세 나의 어처구니없는 실수를 알아차렸다. '리아나' 앞의 '코' 자를 빠뜨리고 읽다니. 개점 축하 무대에 올랐던 건

1988 서울올림픽 공식 주제가 「손에 손잡고」를 부른 그룹 '코리아나'였다.

그렇다면 개점 축하 공연을 코리아나가 했으니 폐점 축하 공연은 리아나가 하게끔 하자. 이런 상상으로 이 책에 다양성을 더해 보겠다.

자, 여기 첫 곡으로 「Diamonds」를 부른 리아나가 목을 가다듬은 뒤 축사한다.

"여러분, 안녕하세요. 리아나입니다. 대전 시민분들이 워낙 뜨뜻미지근하다는 얘기를 들은 터라 걱정했는데, 웬걸 다들 놀 줄 아시네요. 폐점 축하 공연에 이렇게 세워 주셔서 정말 감사합니다. 홈페이지 들어가서 조사를 좀 해 봤더니 세이백화점은 경영 이념도 참 멋졌더라고요. '좋은 기업을 넘어 위대한 기업으로! 우리 모두 작은 거인이 될 수 있습니다.' 심금을 울리는 말 아닙니까? 사내 '기러기 문화'에 관한 이야기도 들었어요. 기러기들은 서로 격려하며 끼릭끼릭 함께 난다고요. 비록 세이백화점은 역사의 뒤안길로 사라지지만 저는 앞으로 기러기를 볼 때마다 이 백화점이, 대전이 그리고 여러분이 생각날 것 같네요. 정말 사랑하고요. 다음 곡으로 「We Found Love」 띄워 드릴게요!"

관객들은 거듭 앵콜을 요청한다.

결국 버스가 끊긴 시각, 거리로 쏟아져 나온 사람들은 여

흥을 이기지 못한 채 도로를 가로지르며 펄쩍펄쩍 뛰어다닌다. 나도 그렇게 뛰어다니다 저 멀리 깡충대는 치릴로와 소피아를 발견한다. 그리고 어머, 세 자매와 내 친구도 발견한다. 어쩌면 표정 없는 마네킹과 표정 있는 마네킹까지 모두.

다음 날, 리아나는 유성에서 온천욕을 즐기고 둔산동에서 두부두루치기를 먹고 공항으로 향한다.

오픈마이크

성수역 인근 북카페, 2025년 2월 1일, 4PM, 관객 열세 명

여러분, 여러분만이 들려줄 수 있는 고유한 이야기들을 들려주셔서 감사합니다. 덕분에 오늘 오픈마이크가 풍성하네요. 고통을 유머로 승화하는 멋진 여러분이 있어 스탠딩 코미디의 미래가 밝습니다. 웃음으로 눈물 닦기! 제가 이 장르를 사랑하는 이유이기도 하고요. 다음 모셔 볼 분은 최근 왕성히 활동하고 계신 분이죠. 원소윤 씨, 나와 주세요!

느금마…… 라는 말은 사실 메시지 자체에는 아무 문제가 없어요. '너희 엄마'라는 뜻일 뿐이잖아요. 문제는 메신저에 있죠. '느금마'라는 단어를 욕으로 쓰는 사람은 대개 무례하고 경박한 사람이니까, 그 메신저 때문에 기분이 나쁜 거라고요. 만일 오바마가 저한테 "느금마"라고 한다면 별로 기분 나쁘지 않을 것 같아요. 일단 얼떨떨하겠죠. 내가 오바마와 대화를? 심지어 감격할 수도 있어요. 혹시 우리 엄마를 아시나? 그러니까 느금마한테는 문제가 없다고요. 아니, 여러분 엄마한테 문제가 없다는 뜻이 아니라아, 물론 문제없으시겠죠. 다들 훌륭하시겠죠.

되게 오래 사는 사람들 있잖아요. 장수하는 사람들이요. 대단하다고 기사도 써 주고 인터뷰도 하는데, 사실 장수라는 게 막 자랑할 일은 아니라고 봐요. 재난 상황에서 가장 먼저 탈출하고 시위란 시위는 다 안 나가고 밀고하고 장기 기증자 사망할 때까지 기다렸다가 이식받고. 물론 킬킬 웃으면서 수술실 앞에서 기다리진 않겠지만 왠지 제 머릿속에서는 그런 이미지거든요. 현시점 최고령자는 브라질에 계신 수녀님이라고 하는데 수녀님, 부끄러운 줄 아세요!

제 좌우명은 '위기를 기회로!'입니다. 부모님이 이혼 위기에 처해 계신데요, 그걸 이혼의 기회로 삼으시면 좋겠어요. 멸종위기종도 말이에요, 멸종의 기회를 잡아 보는 건 어떨까요? 지금 저, 위기에 처한 거 아닙니다. 스탠드업 코미디 그만둘 기회입니다?

할머니가 치매예요. 근데 '치매'라고 하면 안 된대요. '어리석을 치'에 '어리석을 매'로, 부정적인 사회적 낙인을 야기한다고. 하여

튼 저희 할머니는 치매예요. 치매 걸리기 전부터 치매였어요. 어리석고 어리석은 분이셨거든요. 저도 치매예요. 여러분도 다 치매고요.

잡종도 '잡종'이라고 하면 안 되고 '믹스견'이라고 해야 한대요. '잡종'의 어감이 좀 부정적이라나. 근데 잡종을 영어로 하면 '믹스종'이잖아요. 이번에 본가 가서 엄마한테 잡채, 아니 믹스채 해 달라고 하려고요. 아, 이건 좀 유치했네요.

옆집 아저씨가 키우는 개가 믹스견인데 되게 예뻐요. 믹스가 잘 됐나 봐요. 노래도 리믹스 버전이 월등히 좋을 때가 있잖아요. 믹스견은 참 신비로운 것 같아요. 그렇게 믹스가 되었다는 게. 왜냐하면 견종 간 차이가 어마어마하잖아요. 인종 간 차이는 아무것도 아니죠. 도베르만과 시추의 차이를 보세요. 그렇게나 다른 존재들이 서로에게 끌렸다는 게 신비로워요. 걔네 눈에는 그렇게나 다르지 않은 걸 수도 있고요.

잘 붙어먹는 견종이 따로 있어요. 비글이랑 푸들, 말티즈랑 푸들 그리고 웰시코시랑 푸들. 그러니까 푸들이 안 그렇게 생겨 가지고 애가 색기가 좀 있나 봐요. 마음이 좀 불편해지는 조합도 있어요. 포메라니안이랑 시베리안 허스키. 이거 합의에 의한 관계였다고 100프로 확신할 수 있어요? 견력형 성범죄일 가능성이 0은 아니라고요.

저는 이런 생각을 하면서 살아요. 사람은 잘 안 만나죠. 만나자마자 '견력형 성범죄'니 뭐니 하는 애를 누가 만나 주겠어요. 다행히 은둔생활이 적성에 맞아요. 청주여자교도소에 가서도 잘 살 자신이 있어요. 가서 책 읽고 운동하고 콩밥 먹고. 다 제가 좋아하는 것들이거든요. 근데 거기 가면 언니들한테 따먹힌대요. 그래서 어떻게 하면 꼭 좀 들어갈 수 있을까요? 이게 제 요즘 최대 고민이에요. 모쪼록 저는 독실한 개인주의자로, 반드시 독방에 가야 하기 때문에 울며 겨자 먹기 식으로 말썽을 일으켜야 할 거예요.

은둔생활을 얼마나 좋아하냐면요, 저는 『안네의 일기』의 안네가 그다지 가엾지 않았어요. 다락방에서 2년 동안 지내는 게 그렇게까지 어렵나? 저는 30년을 만족하며 살고 있거든요. 저를 단속하는 나치들이 없는데도, 완전 주체적으로 안에 틀어박혀 있다고요. 근데 조금 더 구체적으로 상상하니까 너무 안쓰럽더라고요. 안네는 독방에서 지낸 게 아니잖아요. 사춘기 시절을, 가족들이랑 함께 살았다고요. 게다가 그 가족들은 전부 유대인이고요. 아, 카니예 웨스트 따라서 유대인 혐오 한번 해 봤어요. 유행인 줄 알았다고요. 알겠어요, 다신 안 할게요.

영화 「매트릭스」에 빨간 알약과 파란 알약의 비유가 나와요. 빨간 알약을 먹으면 혼란스럽고 고통스러운 '진실'을 알게 되고, 파란 알약을 먹으면 질서 있고 안온한 '가상'에 머물게 되죠. 으레 빨간 알약을 택한 사람은 멋있고 진취적인 인물로 그려지고, 파란 알약을 택한 사람은 약삭빠른 소시민으로 그려지는데요. 한번 생각해 보자고요.

일단 제가 안네였다면 바로 빨간 알약을 먹었을 거예요. 더 잃을 게 없는 데다 얼른 이 현실을 벗어나고 싶잖아요. 근데 만일 내가 두아 리파라면? 미쳤다고 빨간 알약을 먹어요? 물론 살다 보면 누가 봐도 '안네'에 가까운데 파란 알약을 택하는 사람들이 있어요. 대표적으로 제가 그래요. 아니, 그렇잖아요. 빨간 알약을 어떻게 믿어요. 빨간 알약 먹고 마주하게 된 세상이 '진실'이라는 걸 어떻게 믿냐고요. 빨간 알약 먹고 '아, 이게 진실된 세상이구나!' 수십 년을 살았는데 어느 날 누군가 제게 다가와 이렇게 말할 수도 있잖아요.

"네가 지난번에 먹은 약, 사실 버건디 알약이었어. 이번이 진짜 빨간 알약이야."

가까이서 꼼꼼히 살펴보니까 막 체리레드 알약이고.

하, 어디서부터 잘못된 건지 완전 냉랭하네요. 저기요, 저도 여러분 싫어요. 특히 오늘 공연하신 분들 진짜 재미없었어요. 뭐, 제가 할 말은 아니지만요. 솔직히 처음부터 지금까지 한 번도 안 웃었어요. 승화는 무슨 승화야. 간간이 어설픈 농담이 섞여 있어서 대놓고 슬퍼할 수도 없고 완전 고문이었다고요. 오늘 우리 처음 봤는데 왜 그런 속 깊은 얘기를 하는 거예요. 어떤 관객이 올 줄 알고 겁도 없이 솔직하게 구냐고요.

그리고 그냥 넘어가려고 했는데요. 스탠딩 코미디가 아니라 '스탠드업 코미디'거든요. 사랑한다면서 다른 이름을 부르면 어떡해요. 애인이 그런 말실수 하면 호스트분도 화날 거 아녜요. 저 지금 화내는 거 아녜요. 사실 화났어요. 아까부터 좀 짜증이 나더라고요.

고통을 유머로 승화, 운운하는 얘기 지겹지 않아요? 아니, 고통을 겪었는데 무려 승화까지 해야 해요? 듣는 사람이야 듣기 편하겠죠. 부담스럽지도 않고. 진짜 열받는 건 울부짖는 화자의 이야기는 너네가 안 들어 줄 거라는 거예요. 자기 고통을 적절하게 다룰 줄 아는 성숙한 화자한테만 귀를 기울여 줄 거라는 거예요. 이기적이고 재수 없어요. 그러니까 아예 고통이니 승화니, 주제넘는 말을 하지 말라고요.

말할수록 짜증이 나요. 고통의 승화라고요, 웃음으로 눈물 닦기라고요. 저는 모르겠어요. 그냥 세상 많은 것이 영원히 끔찍해요. 아무리 농담해도 가벼워지지 않는다고요. 승화가 안 돼요. 눈물이 안 닦여요. 어쩌면 그래서 농담을 해도 되는 거겠죠. 아무리 농담해 봤자 고통을 감히 가볍게 만들 수 없으니까. 죽음과 폭력, 재난과 참사가 우스워질 수 없으니까요. 만일 제 농담으로 세상의 비극을 가볍게 만들 수 있다면 저는 매일매일 한 시간 스페셜 쇼를 만들 거예요. 자, 오늘은 친족 성폭력 스페셜입니다. 내일은 국가 폭력 스페셜이고요.

세상의 고통에 농담이 대체 어떤 영향을 미칠 수 있겠어요. 적어도 제 삶의 고통은 농담으로 치유되지도, 훼손되지도 않았습니다. 그래서요, 농담의 기능에 어떤 기대도 품지 않고 그냥 다 포기하고 웃을 수 있을 때 웃어 두는 거, 저는 이 방식이 좋아요.

자기가 싼 똥은 자기가 치우고 내려가자! 스탠드업 코미디를 시작하고 익힌 가장 중요한 원칙이에요. 오늘은 안 치웁니다. 아, 못 치우겠어요. 말씀드렸다시피 치매라고요. 부디 악몽 같은 밤 보내시길. 스탠딩 코미디언 원소윤이었습니다.

에필로그

 마지막 글입니다. 장례는 살아 있는 사람들이 자기네들 좋자고 벌이는 일이지요. 한바탕 울고 막 명복을 빌고……. 그 소동을 더는 보지 않을 수 있다는 게 죽음이 저에게 가져다준 큰 선물입니다. 살아생전 그리 끔찍했던 사람도 없지만 저를 끔찍이 아껴 준 사람도 없습니다. 그러니 저의 죽음을 핑계 삼아 방황하지 마세요. 고작 죽었다는 이유로 저에 대해 좋게 좋게 좀 얘기하지 좀 마세요, 좀. 이미 차갑게 식은 저를 위해 당신이 할 수 있는 일은 없습니다.

 만에 하나 저를 너무 그리워하는 분이 있다면 보름달 뜬 밤에 집 현관문을 두드릴 겁니다. 구더기 끓는 몸을 이끌고 푸르뎅뎅한 입술로 이름을 부르며. 쪼르륵 흐른 핏자국이 관자놀이에 남아 있고 두 눈알은 뒤집혀 있을 텐데요. 그런 저를 환대할 수 있나요? 환대하리라 자신하는 분이 오호라, 저기 한 분 있네요. 근데 하루만 지나 봐요. '고약한 냄새를 풍기는 이 손님은 대체 언제 무덤으로 되돌아가지?' 싶을 겁니다. 피차 뻘쭘할걸요.

그럼에도 남은 자들을 위해 괜찮은 추모 방법을 하나 제안합니다. 대개 죽음과 마찬가지로 제 죽음도 상당히 사회적인 죽음일 거 아녜요. 그러니까 산업 재해로 죽거나 혐오 범죄로 죽거나 음주 운전 차량에 치여 죽거나 동물원에서 탈출한 퓨마에게 물려 죽거나 충분히 연구되지 않은 여성 질환에 걸려 죽거나 사형되거나 자살하거나, 뭐 대충 이런 죽음이겠죠.

혹시 제 죽음을 애도하고 싶다면 관련 단체에 후원을 좀 하세요. 1인 피켓 시위나 국민 청원은 부담스럽고 딱 떨어지는 소액의 애도가 깔끔합니다. 이런 사안에 관심을 기울이고 돈 쓰는 건 우쭐한 기분도 줄 거예요. 세상에 몇 안 되는 우쭐할 만한 일 중 하나입니다. 이왕 하는 거 제가 아동 학대나 동물 실험의 연쇄 작용으로 죽었을 수 있다는 사실도 염두에 두시고요.

제가 '황당무계하게' 죽은 바람에 다윈상을 탔을지 모릅니다. 다윈상을 처음 알게 된 일곱 살 때 "다윈상만큼은 수상하지 않으리!" 벌벌 떨며 며칠 밤잠을 설쳤는데 기어이 수상했을

지도요. 몇몇 분은 다윈상에 대해 이미 알고 계실 텐데요, 맞습니다, 다윈상이란 '어리석은 사망자'에게 수여하는 상입니다. 자신의 생명을 희생함으로써, 다시 말해 죽어버림으로써 대를 끊어 인류 유전자풀의 건강과 종의 장기적 생존에 이바지했음에 감사를 표하는 상이지요. 스탠퍼드 대학교에서 신경생물학을 전공한 과학자 웬디 노스컷이 1993년 제정했습니다.

제가 다윈상 수상을 향한 두려움을 깡그리 거둔 건 2010년 수상자를 확인한 이후예요. 세이백화점 인근 서대전네거리역 추락사고 사망자가 그해 1위 수상자였는데요.

2010년 8월 25일, 지체장애인 이 씨는 승강기를 뒤따라 타려다 문이 닫혀 탑승하지 못하자 전동스쿠터로 문을 세 차례 들이받습니다. 부서진 문틈으로 17미터 추락, 그 자리에서 숨집니다. 다윈상 홈페이지에 적힌 웬디 노스컷의 심사평은 다음과 같아요.

'세기의 다윈상 수상자! 성난 휠체어 사나이는 인류의 추락을 형상화해 보여 준 성급한 뺑소니꾼입니다.'

(DARWIN AWARD WINNER OF THE CENTURY! Angry Wheelchair Man, the rashly rushing rammer who epitomizes the downfall of the human race.)

노스컷 같은 자신만만한 멍청이가 거의 전부인 이 행성을 떠나는 일이 어찌 비통할 수 있을까요. "하루만 더!" 하는 미런을 갖기가 애매한 세상입니다. 멋진 작품과 풍광에 감탄하며 삶의 의지를 다잡는 것도 하루이틀. 저는 인간과 삶의 매력을 과대평가하지 않는 방향으로 조금씩 이동해 왔습니다. 그럴 수 있어 기쁘고 슬펐습니다.

우리가 이렇게나 연결되어 있는데 또 이렇게나 제각각이라는 사실 때문에 평생 헷갈렸습니다. 그 사이에서 우왕좌왕하다 상처 준 사람들한테 이제 와서 미안하다고 하기도 참 민망합니다. 나보코프가 말하길 "두개골은 우주여행자의 헬멧"* 이라지요? 저는 이만 헬멧을 벗습니다. 남은 분들은 서로서로 헬멧을 지켜 주…… 든지 말든지요.

마침표를 찍자마자, 나는 이 글을 엄마에게 장난스레 보여주었다. 엄마는 당신 딸의 유서를 읽고는 말이 없었다. 침묵이 길어질수록 '유서'의 의미가 차차 실감되었다. 후회가 몰려왔다. 나는 대체 언제쯤 한심하지 않은 인간이 될까. 잠시 후, 엄마가 웃음기를 머금고 마치 유서에 답장하듯 내게 말했다.

"이번 글도 재밌네. 근데 있잖아, 나는 이 글을 믿지 않아."

나는 딴청을 피우며 답했다.

"알잖아, 전부 농담인 거."

---

* 블라디미르 나보코프, 김정아 옮김, 『프닌』(문학과지성사, 2023), 25쪽.

발문

유머는 절망보다 깊다

박혜진(문학평론가·편집자)

두 개의 기둥

 다음 장면이 어떻게 이어질지 궁금해서 견딜 수 없는 마음을 호기심이라고 한다. 어떻게 진행될지 뻔히 알면서도 그걸 확인하고 싶어 못 견디는 마음은 뭐라고 불러야 하나. 알 수 없는 마음으로 아는 소설을 다시 읽는다. 좋아하는 영화를 서른세 번째 보는 심경으로 첫 장을 펼친다. 이미 다 아는 장면, 이미 다 아는 대사를 기다리는 마음으로 다음 장을 넘긴다. 열두 번도 더 읽으며 셀 수 없이 마주했을 그때 그 장면, 그때 그 대사를 번번이 마중 나가게 만드는 이 소설의 매력을 뭐라고 불러야 하나. 알 수 없는 마음으로 이 글을 시작한다.

스탠드업 코미디(Stand up Comedy)는 혼자 무대에 서서 달랑 마이크 하나에 의지해 관객을 웃기는 '말발의 예술'이다. 그 부속 무대로 오픈마이크(Open mic)가 있다. 오픈마이크, 즉 마이크 개방 시간에는 누구라도 무대에 올라 하고 싶은 말을 할 수 있다. 이 소설의 주인공은 오픈마이크 무대에 서는 스탠드업 코미디언이다. 한마디로 초짜 스탠드업 코미디언이란 소리다. 아마추어 스탠드업 코미디언의 실패한 농담에서 시작되는 이 소설은 덜 실패한 농담, 혹은 성공한 농담으로 끝을 맺는다. 전자가 관객을 향해 던지는 욕망어린 농담이라면 후자는 엄마 앞에 투척해 놓고 모른 척 딴청 피우는 진담 같은 농담이다. 전자가 눈을 감게 만드는 싱거운 농담이라면 후자는 눈물을 삼키게 하는 오래된 고백이다.

무대 위에서 하는 농담이 성공하려면 분당 웃음 횟수(Laughs per Minute)가 많아야 하고 셋업(Set up)과 펀치라인(Punch Line)의 구조가 명확해야 한다. 셋업은 웃음을 위해 까는 밑밥이고 펀치라인은 웃음을 낚아채는 구간이다. 스탠드업 코미디의 기본이라 불리는 것들로, 이 책의 프롤로그에 주문처럼 새겨진 법칙이기도 하다. 이 소설을 떠받치고 있는 두 개의 기둥 중 하나는 오픈마이크에서 선보이는 농담의 형식이다. 코미디의 기본에 따라 분당 웃음 횟수가 많고 셋업과 펀치라인의 구조도 선명하다. 초짜 스탠드업 코미디언의 성장

서사답게 처음보단 중간이, 중간보단 끝에서 더 유려한 모습을 보인다. 이러한 농담의 변화는 소설을 둘러싸고 있는 가장 바깥의 성장이다.

그러나 소설의 대부분을 차지하는 것은 무대 위에서 하는 농담이 아니라 무대 뒤에서 하는 농담이다. 이 소설을 떠받치고 있는 두 개의 기둥 중 나머지 하나의 기둥은 나 혼자 하는 농담, 혹은 청중 없는 농담. 무대 뒤에서 하는 농담이 성공하려면 분당 뭉클 횟수(Laughs per Heart-tugging moments)가 많아야 하고 어둠(Darkness)과 모순(Irony)의 구조가 명확해야 한다. 어둠이 셋업이고, 모순이 펀치라인이다. 어둠은 진실이 드러나는 전제조건이고, 모순은 진실 그 자체이며, 이러한 구조가 선명한 글이 소설이다. 이 소설에는 아직 관객이 없다. 원소윤은 누구도 읽은 적 없는 책이다.

슬픔을 삼킨 웃음

나는 소설가 원소윤의 (공식적인) 첫 관객이다. 작가 원소윤은 이 글을 출판사의 투고함에 넣었고, 나는 그 글을 수신한 편집자다. 처음 독해의 순간을 더듬어보자 몇 페이지를 읽었을 뿐인데 괜히 주변을 살폈던 기억부터 떠오른다. 그러고는 며칠간 은밀한 즐거움을 누렸더랬다. 로또에 당첨됐다는 사실을 혼자만 알고 있는 사람처럼 내내 수상하게 굴면서. 아닌 게 아니라 이 소설은 내게 로또 같은 설렘을 줬다. 결과가 나올 때까지는 모두가 평등하게 당첨의 기대를 안고 있듯 이 소설을 읽고 있으면 좋은 일도 없으면서 괜히 농담할 기분이 났다. 아무렇지 않은 척 농담으로 받아치고 싶어 불행이 기다려지기도 했다. 독식의 시간을 뒤로하고 원소윤 읽는 기쁨을 타인과 나눌 때가 됐다는 사실이 벅찬 한편 서운하다. 이런 내 감상은 조금도 과장이 아니다.

이 소설은 일단, 상상 이상으로 재밌다. 그런데 그 재미가 휘발되며 사라지는 웃음과는 차원이 다르다. 기분 나쁘게 들러붙는 웃음도 아니다. 산뜻한 바람처럼 가볍고 촉촉함 봄비처럼 다정하며 순식간에 덮어버리는 눈처럼 조용하게 극적이다. 이토록 입체적이고 정갈한 웃음을 둘러싸고 있는 것은 지성과 지식이라는 듯 농담의 정반합은 정교하기 이를 데 없고 문장과 문단은 동서고금 문학의 유전자를 이어받은 듯 소박하면서도 유려하다. 선을 넘지 않되 모든 선을 비틀어 보이며 크고 작은 전복을 행사하는 대담함도 신인이라 믿기 힘들다. 그러나 이 모든 재능의 출처가 슬픔이라는 게 관건이다. 원소윤의 유머는 지성과 지식만이 아니라 연민과 사랑의 유머다. 이들 가족이 왜 3대에 거쳐 가톨릭교도가 됐는지 알게 됐던

날 밤엔 쉽게 잠을 청하지 못했다.

그러나 슬픔의 진원지였던 '가톨릭' 배경은 이 소설을 유쾌하게 만들어 주는 핵심 소재이기도 하다. 세례명 말이다. 할아버지를 치릴로라고 부를 때, 할머니를 소피아라고 부를 때, 엄마 아빠를 각각 로무알다와 로무알도로 부를 때, 무엇보다 '나' 자신을 마리아라고 칭할 때, 이들은 직계가족의 역사가 그어 놓은 질서에서 벗어나 낯설지만 친근한 무질서 안에서 병렬적으로 존재하기 시작한다. 이들 가족은 이름을 두 번 얻는다. 저마다의 탄생과 함께 첫 번째 이름을 얻고, 가족의 죽음과 상실로 인한 아픔 속에서 두 번째 이름을 얻는다. 고통과 함께했던 성인들의 이름 아래에서 엄마, 아빠, 손자, 며느리 할 것 없이 위로가 필요한 '슬픈 족속'*이 된다.

종교의 본질이 죽음을 공부함으로써 삶의 지혜를 배우는 데에 있듯, 이 소설의 바닥에는 가족을 드리운 죽음의 그림자가 있고 그림자에서 빛을 학습하는 아이의 성장이 있다. '나'는 고작 세 살 먹은 아기를 교통사고로 떠나보낸 엄마가 혹시라도 세상을 놓아 버리진 않을까 근심 속에서 염탐하며 자신이 엄마의 손잡이가 되어 주려 애쓴다. 가출 청소년이 되고 싶을 때마다 안전한 쉼터가 되어 주었던 할아버지의 죽음을

---

* 윤동주의 시 제목.

받아들이기 위해 운동장 10,713바퀴를 돌며 심장을 훈련시키는가 하면, 전국의 공사 현장을 돌며 80미터 크레인 위에서 노동하는 아빠가 걱정돼 불안과 걱정에 맥을 못 추는 딸이 되기도 한다. '나'는 무조건적으로 사랑받는 주인공에서 조금이나마 사랑을 주는 조연으로 거듭난다. 이 변화는 소설 외핵을 둘러싸고 있는 성장이다.

비극에서 희극을, 희극에서 유머를

성인들이 남겨 놓은 희대의 경전들이 전하는바, 세상의 본질은 비극이고 인생의 결론은 고통이다. '가까이에서 보면 비극이지만 멀리서 보면 희극'이라는 말로 인생의 고통을 희석시킨 예술가도 더러 있지만, 그마저도 비극의 선점 상태를 강조할 뿐이다. 비극의 우세가 얼마나 확실하면 그런 말을 다 했을까. 인생의 비극성은 부정할 수 없는 진실이자 이론의 여지가 없는 진리다. 그에 비춰 보면 거리가 전제되어야 하는 희극은 일종의 해석이자 보는 사람의 마음에 따라 결정되는 주관적 진실이다. 그렇다고 이 말이 희극이 무용함이나 희극의 무가치를 주장하는 것은 아니다. 오히려 그 반대다. 삶이 비극인 탓에 더 위대하고 소중한 것이 희극이다. 희극은 비극에서 태어났다. 비극이 있기에 희극도 있다. 비극에서 탄생한 희극은 그 안에 이미 비극을 안고 있다.

비극은 세상을 재현한 상태로써 가능하지만 희극은 세상을 증류하고 승화한 상태로써만 가능하다. 그런 까닭에 비극을 쓰는 것보다 희극을 쓰는 게 더 힘들다는 말도 가능하다. 깊이가 있는 작가는 뛰어난 희극 작가이고, 뛰어난 희극 작가이기에 뛰어난 비극 작가일 수 있다. 추상적이고 관념적인 개념으로서의 희비극을 일상적 차원의 이야기로 번안한 것이 유머다. 유머는 매일매일을 살아가는 생활인이자 범인들이 추구할 수 있는 삶의 혁명이자 적을 무장해제 시킬 수 있는 일생일대의 기술이다. 인간이 비극으로 가득한 세상과 싸울 수 있는 유일한 무기는 그저 유머인 것이다. 원소윤의 소설은 유머로 가득 차 있고, 이 유머는 비극의 본질을 아는 사람이 증류해 낸 순도 높은 웃음이다. 『꽤 낙천적인 아이』는 유머러스한 소설 너머 유머 그 자체이며, 원소윤은 유머를 아는 깊은 작가다.

서툰 농담으로 주변을 썰렁하게 하던 코미디언이 한 사람 앞에 진담 같은 농담을 내려놓기까지의 과정이 이 소설 가장 바깥을 둘러싸고 있는 성장이라면 가족의 슬픔, 운명의 횡포, 세상사의 표리부동, 서늘한 이별의 예감 속에서 비극을 증류해 희극을 얻고 희극을 제련해 유머를 빚는 과정은 이 소설의 내핵에 숨겨진 성장이다. 더욱이 이게 다가 아니다. 성장하되 끝내 성숙해지지는 않는다는 데에 이 소설의 백미가 있다. 함부로 성숙해지거나 자칫 철들지 않는 '나'는 한 손에 농담을, 한 손에 허구를 들고 세상을 향한 담대한 긁기를 시전한다. 두 팔을 흔들며 성큼성큼 걸어가는 사람의 보폭처럼 씩씩한 속도로 스탠드업 코미디 서사의 빅뱅을 시작한다.

어떤 장면이 등장할지 빤히 알면서도 다시 보고 싶은 마음. 뭐라고 불러야 할지 모르겠지만 자꾸만 끌리는 마음. 아마도 사랑일 것이다. 나는 이 소설을 관심이나 호기심 이상으로 사랑하고 있는 것이다. 슬픔도 알고 기쁨도 아는 이 낙천적인 아이의 변화를 통해 내 안에서 일찌감치 불길이 잡혔던 낙천성의 추억을 만났음은 물론, 이제 나는 "아름다움의 어원이 앓은 다음이라는 것"도 이해하는 '수준'에 이르렀다. 지혜로운 사람은 세상을 아는 대신 이해한다. 현명한 사람은 타인을 아는 대신 이해한다. 이해는 모름 속에서 얻는 깨달음이다. 모른다는 것을 깨닫는 것이다. 이해에 대한 깨우침은 이 소설이 보여 주는 꽤 낙천적 태도의 다른 말이자 깊이 있는 유머의 동의어다. 지금 필요한 문학의 새로운 용례다.

오늘의
젊은 작가
50

꽤 낙천적인 아이

원소윤 장편소설

1판 1쇄 펴냄 2025년 7월 18일
1판 8쇄 펴냄 2025년 12월 17일

지은이　원소윤
발행인　박근섭·박상준
펴낸곳　(주)민음사

출판등록　1966. 5. 19. 제16-490호
주소　　서울시 강남구 도산대로1길 62(신사동)
　　　　강남출판문화센터 5층(06027)
대표전화　02-515-2000 | 팩시밀리　02-515-2007
홈페이지　www.minumsa.com

ⓒ 원소윤, 2025. Printed in Seoul, Korea

ISBN　978-89-374-7731-7 (04810)
ISBN　978-89-374-7300-5 (세트)

* 잘못 만들어진 책은 구입처에서 교환해 드립니다.

당신이 소장해야 할
한국문학의 새로움,
오늘의 젊은 작가 시리즈

01 아무도 보지 못한 숲　　조해진
02 달고 차가운　　오현종
03 밤의 여행자들　　윤고은
04 천국보다 낯선　　이장욱
05 도시의 시간　　박솔뫼
06 끝의 시작　　서유미
07 한국이 싫어서　　장강명
08 주말, 출근, 산책 : 어두움과 비　　김엄지
09 보건교사 안은영　　정세랑
10 자기 개발의 정석　　임성순
11 거의 모든 거짓말　　전석순
12 나는 농담이다　　김중혁
13 82년생 김지영　　조남주
14 날짜 없음　　장은진
15 공기 도미노　　최영건
16 해가 지는 곳으로　　최진영
17 딸에 대하여　　김혜진
18 보편적 정신　　김솔
19 네 이웃의 식탁　　구병모
20 미스 플라이트　　박민정
21 항구의 사랑　　김세희
22 두 방문객　　김희진
23 호재　　황현진
24 방콕　　김기창
25 오늘의 엄마　　강진아
26 아는 사람만 아는 배우 공상표의 필모그래피　　김병운
27 모두 너와 이야기하고 싶어 해　　은모든
28 내가 말하고 있잖아　　정용준
29 더 셜리 클럽　　박서련
30 초급 한국어　　문지혁
31 스노볼 드라이브　　조예은